安妮·普鲁文集

Annie Proulx

Annie Proulx

安妮·普鲁文集 07

FINE JUST THE WAY IT IS
WYOMING STORIES 3

随遇而安

[美]安妮·普鲁 著
裘因 译

人民文学出版社

著作权合同登记号　图字　01-2019-1260

FINE JUST THE WAY IT IS
by Annie Proulx

Copyright © 2008 by Dead Line, Ltd.
Published by arrangement with Dead Line, Ltd. c/o
Darhansoff & Verrill Literary Agents
through Bardon-Chinese Media Agency
Simplified Chinese translation copyright © 2020
by People's Literature Publishing House Co., Ltd.
ALL RIGHTS RESERVED

图书在版编目（CIP）数据

随遇而安/（美）安妮·普鲁著；裘因译．—北京：人民文学出版社，2020
（安妮·普鲁文集）
ISBN 978-7-02-015973-4

I.①随… II.①安…②裘… III.①短篇小说—小说集—美国—现代 IV.①I712.45

中国版本图书馆CIP数据核字（2020）第032213号

责任编辑	翟　灿
美术编辑	李思安
责任印制	王重艺

出版发行　人民文学出版社
社　　址　北京市朝内大街166号
邮政编码　100705
网　　址　http://www.rw-cn.com
印　　刷　三河市鑫金马印装有限公司
经　　销　全国新华书店等
字　　数　155千字
开　　本　850毫米×1168毫米　1/32
印　　张　8.75　插页1
印　　数　1—8000
版　　次　2020年11月北京第1版
印　　次　2020年11月第1次印刷
书　　号　978-7-02-015973-4
定　　价　49.00元

如有印装质量问题，请与本社图书销售中心调换。电话：010-65233595

献给

玛菲和杰弗

乔恩和盖尔

吉利思

摩根

目录

Fine Just the Way It Is: Wyoming Stories 3

1 · 有家的男人

41 · 我一直热爱这地方

59 · 那些古老的牛仔歌曲

99 · 三齿蒿小弟

115 · 分水岭

149 · 一个血迹斑斑、滑溜溜的大碗

163 · 沼泽地的不幸

183 · 驴的证词

217 · 壕沟里的驽马

从表面上看,一切都很动人,但是当你进入了内部的圈子,你很快就会发现界线是画得很清楚的。

——约翰·克莱,《我在牧场的生活》

有家的男人

梅卢霍恩养老院是一栋大而无当的、原木结构的平房,自以为具有西方的风格:铺在家具上的垫子都是用具有"印度的"几何图形的织物制成的,灯罩上饰有惹人注目的鹿皮流苏。墙上挂着梅卢霍恩先生的一些制成标本的黑尾鹿头和一把双人横切锯。

那是贝伦妮斯·潘开始意识到地球在朝阴面转动的季节。她觉得,这并不是开始一项新工作的好时光,要接受照顾牧场老寡妇这么一份郁闷的工作,尤其不是时候。但她还是接受了她能找到的这活儿。在梅卢霍恩养老院里,男人不多。就那么几个人,还都被女人盯得死死的,连贝伦妮斯都可怜他们。她相信,在老人身上,性的需求减退了,但是那些老太婆争的是那些胳臂肌肉已经抽搐的颤悠悠的男人的好感。男人可以在不成形的女式家居服和多彩多姿的骨架子里随意挑选。

梅卢霍恩的三条已经死去并制成了标本的狗,蹲在有战略意义的保卫位置上:在正门附近,在楼梯底下,以及旧篱笆桩子做成的生锈的吧台旁边。三个小小的标记保留了它们的名字：乔克、巴格斯和亨利，这些都是烙花工匠制作的艺术品。贝伦妮斯拍着亨利的脑袋想，从养老院往外望，周围至少还有山景。那天下了一整天的雨，现在，在越来越暗的暮色中，杂乱的禾草丛就像染白了的头发。在一条古老的灌溉渠边上，柳树像沮丧的逃亡黑奴一样，参差不齐地排成一排。山脚下的蓄水池平静得像锌板一样。贝伦妮斯走到另一扇窗口，想看看天气会有什么变化。在西北角，有一片楔形的天空，呈奶白色，冷飕飕的，正聚集着即将洒下的雨水。一位老人坐在社区活动房的窗口，朝外凝视着那灰色的秋天。贝伦妮斯知道他的名字：雷·福肯布罗克。他们所有人的名字，她都知道。

"要给您拿点什么吗，福肯布罗克先生？"她特意在住院老人的名字前面加上相应的尊称，而其他的工作人员都不这么干，总是直呼他们的名字，好像他们都是一起长大的发小。德布·斯莱弗却表现得过分亲热，用"亲""甜心"和"宝贝"来称呼"萨米""丽塔"和"迪莉娅"，以示友好。

"好的。"他说。他说话的时候，句子之间的间歇很长，每一个字都慢吞吞地吐出来，弄得贝伦妮斯总想要插些话进去提醒他。

"快让我离开这里。"他说。

"给我弄匹马。"他说。

"让我回到七十年以前。"福肯布罗克先生说。

"这些我可做不到,不过我能给您泡一杯好茶。十分钟以后就是社交活动时间了。"她说。

她不大能正视他的目光。尽管他长着一张普通的脸,嘴巴瘪瘪的,脖子细细的,但他还是值得人们看一下的。那是因为他的眼睛。他的眼睛很大,睁得很圆,颜色是非常非常淡的浅蓝色,就像用镐凿下来的冰的颜色,闪着水晶般光芒的浅蓝色。在照片上,这对眼睛似乎是白色的,就像罗马雕像的眼睛,只有黑色的眼珠才让人知道这不是盲人的眼神。贝伦妮斯觉得,当他看着你的时候,你就会被那对奇怪的白色眼睛盯住了,简直无法理解他说的每一个字。她不喜欢福肯布罗克先生,却装成喜欢的样子。女人就得装成喜欢男人和欣赏他们喜欢的东西的样子。她自己的妹妹嫁给了一个喜欢岩石的男人,现在她不得不陪着他到处在沙漠和高山中跋涉。

在社交活动时间,住院的老人可以喝些酒,吃一些厨师从沃尔玛超市买来的涂着奶酪的饼干。他们都是些酒鬼,全朝威士忌酒瓶奔去。当年昌西·梅卢霍恩建立这所梅卢霍恩养老院时,立下了规矩。他认为,人生最后几年衰老的时光,是应该享受的,所以鼓励抽烟、喝酒、看黄色电视节目和吃许多廉价食品。滴酒不沾和笃信基督的人都不去梅卢霍恩养老院登记的。

雷·福肯布罗克没说什么。贝伦妮斯觉得他看上去很忧伤，就想用什么办法让他快乐一点。

"您过去是干什么的，福肯布罗克先生？您是牧场主吗？"

老人生气地瞪了她一眼。"不，"他说，"我不是他妈的牧场主。我是雇工。"

"我给那些狗娘养的干活。当过牛仔，骑过野马，圈过牛群，在油田里干过，剪过羊毛，开过卡车，什么都干过，"他说，"最后一分钱也没有落下。"

"现在是我孙女的丈夫付钱，让我待在这老太婆窝里。"他说。他常常希望自己能孤独地死在野地里，不给任何人带来麻烦。

贝伦妮斯继续努力，让自己说话的声音显得高兴一些。"我从中学毕业以后也做过许多不同的工作，"她说，"服务员、护理员、清洁工、7-11便利店的职员等等。"她已经同查德·格里尔斯订婚了；他们打算春天结婚，她只准备再工作一小段时间，贴补一点查德从红色银行发电站中领取的薪金。但是老人还没来得及说什么，德布·斯莱弗就拿着酒杯冲了进来。贝伦妮斯能够闻到深色的威士忌的味道。德布有力的声音从她宽大的胸膛里喷出来。

"你在这里啊，宝贝！给雷来一小杯吧！"她说，"别再瞪着那黑乎乎的旧窗户了,乐一下吧!"她说,"你不想同粉脸一起看《警察》吗?"(粉脸是德布给一个形容枯槁、指关节像榛子、牙齿是暗褐色的老太婆起的绰号。)"要么今天就是你想看着窗外,感受忧伤的日子?想一些烦恼的事?你们这些退休的人,只要坐在这儿美美地喝上一杯威士忌,看看电视就行,不该有什么烦恼。"她说。

她拍了拍长靠椅上的坐垫。"该有烦恼的是我们:账单、不忠实的丈夫、淘气的孩子、疲惫的双腿,"她说,"老是想凑点钱买冬天的衣服!我丈夫说,那个长着一对绿眼睛的女巫正在找我们的麻烦,"她说,"来吧,我陪你和粉脸坐一会儿。"于是她拉着福肯布罗克先生的毛衣,把他推到长靠椅上,自己就在他旁边坐下。

贝伦妮斯离开了这间屋子,到厨房去帮忙了。厨师正在那里烤火鸡饼。窗台上的一台收音机在模糊不清地说着什么。

"天好像要放晴了。"贝伦妮斯说。她有点怕那厨师。

"啊,好了,你来了。把冰箱里的那几包法式炸薯条拿出来,"她说,"我还以为什么事我都得亲自干呢。德布本来是该来帮忙的,但是她宁愿同那些老男人混在一起。她希望他们会把她列入他们的遗嘱。他们中间有些人有一些财产,或者会有一些矿业股权的收入。"她说,"你见过她丈夫达克·斯莱弗吗?"此时,她正在将圆白菜擦成丝,放进一只非常干净的钢碗里。

贝伦妮斯只知道达克·斯莱弗是在里科谢特拖车公司开拖车的司机。那台收音机突然引起了厨师的注意，她把音量调大了，听到了明天是阴天，天会渐渐放晴，后天有大风和阵雪。

"在这么干旱的季节里下一阵雨，我们就该谢天谢地了。你知道本奇是怎么说的？"本奇是国际快递的一名驾驶员，厨师的全部消息都是从他那儿听来的，从道路状况到家庭纠纷，都是从他那里听来的。

"不知道。"

"他说，我们这里要开始变成沙漠了。什么东西都要给吹跑了。"她说。

贝伦妮斯出去宣布可以吃晚餐了，有火鸡饼，法式炸薯条（梅卢霍恩先生仍然把它们称为"自由薯条"），还有蘸火鸡饼的肉卤、越橘佐料、奶油玉米和自制的圆面包。这时她看见德布已经将福肯布罗克先生逼到了长靠椅的角上，而粉脸还坐在那把瘸了一条腿的椅子上，看着警察们将黑人的脸压在人行道上。福肯布罗克先生还是凝视着那黑乎乎的窗户，那唰唰的雨珠挡住了电视的蓝色闪光。他散发出一种与世隔绝的氛围。对他而言，德布和粉脸可能就是梅卢霍恩的另外两条制成标本的狗。

晚饭后，贝伦妮斯在去厨房帮厨师收拾的路上，打开了房门，透透新鲜空气。天空中，东边一半星光灿烂，西边却一片漆黑。

在清晨的昏暗中，雨又下了起来。雷·福肯布罗克并没有读过诗人的那句诗，"当我醒来时，我感觉到的不是白天，而是黑暗的来临"，① 但是他完全能理解这句诗的意思。对他来说，自然界中没有什么能比这种看不见的天气的变化，在压顶的黑暗中缓慢移动的云彩更有害。随着阴暗的清晨像在冲洗液中的照片一样露出其真面目时，雨滴的声音加剧了。他觉得，这是雨夹雪，于是就想起了他年轻时的一次长途跋涉，当时是十月，天气也是这样。他的一件牛仔布的夹克衫已经湿透了，上面还有闪光的雪花。他记得遇见了那个住在沙漠里的捕马的老人，他大概有八十多岁了，正在淅淅沥沥的雨水中蹒跚地朝着最近的牧场工棚走去，他说，是去躲一下雨。

"这该是飞行 A 牧场吧。"雷说着，眯起眼睛看着那斜飘过来的雪珠。

"那不是霍金斯的牧场吗？"

"不。几年前，霍金斯把它卖了。一个叫福克斯的人是现在的主人。"他说。

"见鬼，我好久没来这里了。前两天，我的小木屋还是好好的。"这个捕马人的声音从打战的牙齿缝中传出，他告诉雷·福肯布罗克，

---

① 此处指英国诗人杰拉德·曼利·霍普金斯的诗句。

他的家烧掉了，他在草丛中露天睡了两夜，现在他的铺盖湿透了，食物也吃光了。雷很为他担忧，同时又很想走开。他骑着马，而那个人在步行，这种状况让他感到很尴尬，不过，在以前，当他骑着马经过步行者时，他也总是有同样不舒服的、内疚的心情。那个老人没有马，难道是他的错吗？如果他善于捕马，他应该有成百匹马的。他搜遍了所有的口袋，摸出了三四颗与棉绒混在一起的剩下的花生米。

"不多，但我只有这些了。"他把花生米递给老人时说。

老人未能走到飞行A牧场。几天以后，人们发现他背靠着一块岩石坐着。雷想起了那种不舒服的感觉，当他同老人交谈的时候，想着他有多大年纪。现在他也这么老了，不过他已经到达了飞行A——获得了梅卢霍恩养老院的温暖和庇护。但是那个捕马老人背靠着岩石的死亡，似乎更加庄严。

现在是六点半，起床是无事可干的，但他还是穿上了牛仔裤和衬衫，加上了一件老人穿的毛衣，因为在早晨没生火以前饭厅可能会比较凉。他把靴子留在壁橱里，穿着红色的毡拖鞋一步一拖地沿着大厅走去，走得非常轻，不会踢到立在楼梯脚下的那两只圆睁着双眼的狗标本。这双拖鞋是他唯一的孙女贝思送给他的礼物。贝思嫁给了凯文·比德。对他来说，贝思是很重要的。他已经下了决心，要把家里丑恶的秘密告诉她。他不想让他的后人纠结在可耻的不安的情绪当中。

他要打开天窗说亮话。周六下午,贝思会拿着她的录音机来帮助他把话讲出来。在一周中她会把他的话敲进她的电脑,给他拿来打印好的挺括的书面资料。他也许一生只是个牧场工人,但是他经历的事情不少。

贝思长着一头黑发,脸颊通红,好像刚给打了个耳光。他觉得那是来自她身上的爱尔兰血统。她老是咬手指甲,在成年妇女身上,这是种很难看的习惯。她的丈夫凯文,在高原银行信贷部门工作。他抱怨道,他的工作很无聊,老是把钱和信用卡抛给一些永远也还不起钱的人。

"在过去,人们得努力工作,获得良好的信誉,才能拿到卡。现在,你的信誉越差,越能拿到十几张卡。"他对他妻子的爷爷说。雷从未拥有过信用卡,无法理解关于变化中的银行规则以及债务的一系列说明性的信息。这种信息讲解总是以凯文的长叹告终,他老是用一种阴郁的口气说,这一天就要来到了。

雷·福肯布罗克猜想,贝思会使用她上班的房地产公司的电脑,把他的话敲进去。

"啊,不,爷爷,我们家里有电脑和打印机。罗莎琳不喜欢我在办公室干这事。"她说。罗莎琳是她的老板,这个女人他从未见过,但是他觉得很了解她，因为贝思常谈起她。她很胖很胖，还有经济纠纷。有好几次，职业骗子盗用了她的身份。过几个月，她就得花几个小时填写一些有关诈骗的书面陈述。贝思说，她穿 XXXL 的蓝色牛仔裤，腰带上的银搭扣是她在宾果赌博中赢来的，大得像一个馅饼烤模。

雷哼了一声。"在过去，搭扣是很重要的，"他说，"牛仔竞技表演时赢得的搭扣是最高的奖赏。在那些日子里，钱不算什么，"他说，"我们不在乎钱，我们在乎搭扣，"他说，"可是现在胖女人可以在宾果赌博中赢得它们？"他转过头去看橱门。贝思知道，他一定有一根配着牛仔竞技表演赢得的搭扣的腰带放在那里。

"您在电视上看全国决赛吗？"她说，"或者是骑牛冠军赛？"

"才不呢，"他说，"这里的一些老太婆不愿看。她们把电视的节目从清晨排到午夜，全是些描写犯罪活动的电视节目、蹩脚的真人秀、时装秀和巨蟒剧团、狗和猫的节目。看牛仔竞技表演？没门儿。"他说。

他望着敞开的房门外面空荡荡的大厅。"你根本不会想到她们中间大多数人一生都是在牧场上度过的。"他伤感地加上了一句。

贝思同梅卢霍恩先生谈了一次，说考虑到他们为爷爷支付的费用，他至少能看一下全国决赛或者职业骑牛竞秀吧。梅卢霍恩先生表示同意。

"不过，我不想介入住院老人们的电视节目的选择，你知道，梅卢霍恩养老院执行民主管理的制度。如果你爷爷想要看牛仔竞技表演，他只要说服这里的大多数居民，签一张申请书，就……"

"如果我和我的丈夫在他的房间里给他装一台电视机，您会反对吗？"

"啊，不，当然不会，不过我得提一下，如果他老是关在自己的房间里，看牛仔竞技表演，而不参与大家选择的活动，那些没有那么幸运的住客会认为他享有特权，甚至有点傲慢……"

"好了。"贝思不去理会梅卢霍恩养老院专横的社交规则，"那么，我们就这么办了。给他装一台目中无人的、高傲的电视机。对我和凯文来说，家人很重要，"她说，"我想，你们大概没有卫星联播网吧，有吗？"她问。

"嗯，没有。我们讨论过此事，不过……明年也许会有……"

她给雷拿来了一台带有碟片播放机的小电视机，还有三四张近几年的牛仔竞技表演的碟片。这让他打开了话匣子。

"天哪，我想起了那次在俄克拉何马城的决赛，不是在该死的拉斯维加斯。"他说，"当然，现在骑牛比赛把其他一切项目都挤走了，再见了，骑有鞍野马和无鞍骑马的比赛。一九六二年弗雷科尔斯·布朗骑那头'旋风'时，我就在场，"他说，"当年他四十六岁了，现在那些骑牛的人都是些小孩子！能赚百万美元。现在全是作秀，"他说，"过去的那些老家伙都是一帮很粗野的人。其中大多数都是酒鬼。你要知道宿醉未醒时想要骑牛该有多痛苦。"

"所以我猜，您年轻时骑过很多牛吧？"

"不，不多，但是那就够让我受伤的了。我还赢过一个搭扣，"他说，"年轻的时候，恢复起来很快，但是等你老了，旧伤似乎又复发了。我的左腿曾经摔裂过三处。现在一下雨就疼。"他说。

"您怎么会靠当牛仔过日子的呢，雷爷爷？您的爸爸不是个牧场主或牛仔，对吧？"她把音量调小了。骑手们一个接一个地从围栏里出现，千篇一律，他们显然全都戴着同样的、肮脏的帽子。

"见鬼,是的,他不是。他是个煤矿工人。罗夫·福肯布罗克。"他说，"我妈妈的名字是艾丽斯·格兰德·福肯布罗克。爸爸在联合太平洋煤矿工作。他出了什么事，辞职了，转而为好几家公司跑业务：德士古公司、加利福尼亚石油公司，都是一些大公司。

"不过，我知道得不确切，老爸是干什么的。他总是开着一辆灰尘扑扑的旧T型车。他一旦被解雇了，就到处去找另一份工作。即使他爱喝酒——这通常是他被解雇的原因——他似乎总能很快找到另一个工作。"他喝了一小口威士忌。

"我再也不想同矿山打交道了。我喜欢马，几乎同我喜欢算术一样，我喜欢养牛业，所以我八年级毕业以后，爸说，别想上高中了，现在生活很艰苦，我必须得找工作。"他说，"当时，我觉得无所谓。我爸说什么，我一般是不争辩的。我尊重他，我尊重我父亲。我相信他是个善良而正直的人。"不知为什么，他想起了一片杂草地。

"我尝试着找工作，被布莱索的双肩农场录用了。"他说，"过着住工棚的日子。在某种程度上，是布莱索一家把我养到可以参加选举的年龄。当时我确实不想同我的家庭发生任何关系。"他说着说着就陷入了老人常有的沉思。杂草，杂草，一片混乱。

贝思沉默了几分钟，然后谈起她的两个儿子。西尔在学校的话剧中演一只鹰，做服装那个麻烦啊！就在她离开之前，她随口说了一下："您知道，我想要我的孩子们了解他们的曾祖父。如果我把我的录音机拿来，把您的话录下来，再把它打印出来，您觉得怎么样？这会成为一本记述您一生的书——可以供未来几代人阅读和了解。"

他嘲弄地大笑了一声。

"有些事了解了并不好。每个家庭都有丑事，我们也有我们的。"但是他考虑了一个星期，想弄清楚，为什么这么久以来自己一直守口如瓶。最后他对贝思说，让她把她的机器带来。

他们关着门，坐在他的小房间里。

"有人会说：'这是反社会的。'其他人都是开着门坐着，对相互的亲属大声说话，似乎他们大家都是亲戚。人们将这里称为地区大家庭。我却喜欢我的私密性。"

贝思在他肘旁的桌子上放了一杯威士忌，一杯水，还有那台比香烟盒还要小的录音机，说道："开好了，爷爷。告诉我，在过去的日子里，您是怎么长大的。您准备好了，随时都可以说。"

他清了清嗓子，看着那显示屏上表示音量的尖头的跳动，缓慢地开始说了："我八十四岁了，与当年的事情有关的大多数人都已经走掉了，所以我说什么都没关系。"他紧张地喝了一口威士忌，点了下头。

"一九三三年，我十四岁，那时全世界都很穷。"在没有车辆、鼓风机和电视机里嘈杂的喊叫声的年代，他养成了安静的习惯，所以他很少说话，觉得很难把事情说出来。就在那一年，他那平静的少年时代一去不复返了，只留下了自然的风声、马蹄声、那老屋的圆木在冬天的严寒中破裂的噼啪声、沿河野鹭的叫声。在那些年代里男人和女人们是多么安静啊，他们都依靠自己的观察能力。有时，有些小胡子状的云彩在空中移动，他能想象得出，它们的动静只不过像将一根羽毛穿过电线那样。风吹走了它们，天空中就什么也没有了。

"我告诉你，我小时候，家里的生活很艰苦。让我来告诉你。我们住在煤镇，离苏必利尔约八英里。现在那个小镇已经消失了。"他说，

"那是个三间房的棚屋,不隔音的,孩子们总是生病。我最小的妹妹戈尔迪就是在那个棚屋里生脑膜炎死掉的。"他说。

这时,他讲故事的兴致渐渐浓起来了。"没有水。有一辆卡车每个星期来一次,把我们的两只水桶灌满。妈妈为每一桶水付两毛五分钱。室内没有排水管。现在人们常拿这事儿来开玩笑,可是当年,在寒冷的早晨,风飕飕地从洞里吹进来时,要出去上户外的厕所,是件很痛苦的事。天知道……"他说。他沉默了很久,贝思把录音带倒了回去,按下了录音机上的暂停按钮。他点了一支烟,叹了口气,突然又开始讲了。贝思来不及重新打开录音机,漏掉了一两句话。

"在那时,人们觉得,只要活着就好。我母亲说过许多次,人可以学会不吃面包,只吃灰尘。她知道许多老话。那机器还开着吗?"他说。

"是的,爷爷,"她说,"开着呢。您说好了。"

"腊肉,"他说,"我妈会说,如果煎腊肉时,肉在锅里卷起来了,那就是杀猪的时间不对头。我们是不大能见到腊肉的,只要我们吃得到,即使是卷成螺丝状,我们都会觉得很好吃的。"他说。

"在矿山附近有一大片棚屋。人们称之为煤镇。有许多外国人。

"在我成长期间,我学到的是打架、说屁话——原谅我说粗话——还是打架。所有的问题都靠打架来解决。所有的人我都记得。帕特森兄弟，鲍勃·霍克，格兰布卢尔双胞胎兄弟，亚历克斯·休格，福莉·温特卡，哈里和乔·多兰……我们在一起很有趣。孩子们总是很有趣的。"他说。

"确实如此。"贝思说。

"孩子们想起他们没有室内厕所时不会感到难过，也不会因为没有新鲜的黄油而感到伤心。对我们来说，当时的一切都不错。我有过幸福的童年。我们长大一些以后，就有了几个女孩子。福莉·温特卡。真的很好看，长长的黑发，黑眼睛。"他一边说，一边注意着他有没有吓到贝思。

"最后，在老多兰的妻子去世以后，福莉嫁给了他。多兰兄弟俩是另外一回事。兄弟之间相互仇视，老打架，真的打得很凶，用顶端带有钉子的木板猛击对方，扔大石块。"

贝思想让他转回来谈自己的家事，但是，他继续谈着多兰兄弟俩的事儿。

"我是积习难改。"他说。贝思点了点头。

"有一次，乔把哈里打晕了，把他踢到普拉特河里。他会淹死的，要不是戴夫·阿瑟当时正骑马经过河边，他很可能已经淹死了。阿瑟看见缠在棉白杨枝的垃圾中的一堆破衣服——它掉到河里，把河里各种垃圾全卷成了一堆。他以为这可能是些衣服，就走过去看了一下，把哈里拉了出来。"他说。

"当时哈里差不多快要死了,而且从此以后也没有真正清醒过,但是他清醒地知道是他的亲兄弟曾经想杀死他。乔也永远无法知道,哈里是否就拿着一大根木头或一支枪在下一个拐角等着他。"话音一落,出现了长时间的停顿。

"神经质的灾难。"他说。他看着录音带转了好几秒钟。

"达奇·格林是我小学里最好的朋友。他在二十五六岁时给杀死了。当时,他是在朝着一些古老的印第安人的石雕射击,反弹回来的子弹穿过了他右边的太阳穴。"他说。

他呷了一口威士忌。"是的,我们的家庭。我母亲。她脾气不好,有太多的事情要做,可是又没钱去做。我是老大。原来还有个大哥,索尼,但是在我出生以前就淹死在灌溉渠里了。"他说。

"家里没有女孩子吗?"贝思问。她不满足于两个儿子,很想要个女儿。

"我有几个妹妹,艾琳和戴西。艾琳住在格雷布尔,戴西还在加利福尼亚,活得好好的。我还提到过,小妹妹戈尔迪在我六七岁时就死了。活下来的最小的孩子是罗杰,我妈妈最后的一个孩子。他走上了邪路,靠偷抢为生,"他说,"不知道他出了什么事。"死在杂草堆里,既神秘,又令人厌恶。

突然，他把话题从那个盗窃犯弟弟身上转开了。"你得理解，我是爱我爸的。我们大家都爱他。他在家的时候和母亲经常亲吻，拥抱，大笑。他对孩子们很好，总是笑容满面，抱抱我们，我们的爱好他都记得很清楚，常常带一些特殊的小礼物回家。他给我的所有礼物我都还保存着。"他的声音颤抖，就像早年雨夹雪时那个捕马老人说话的声音。

"回忆这些事，让我感到很累。我想我还是停下的好。"他说，"再说，今天新进来了两个人，而进新人这事儿总是会让我感到很累。"

"是女的还是男的？"贝思问道，她宽慰地把录音机关了，因为她看到她唯一的那盘录音带没有多少时间可录了。这时，她想起她之前录了少年合唱练习。

"不知道，"他说，"吃晚饭时了解一下。"

"下星期我会来的。我觉得您讲的一切对这个家族来说是很重要的。"她吻了一下老人干枯的前额、棕色的老人斑。

"等着吧。"他说。

贝思离开以后，他又开始讲了，仿佛那录音带还在转。"他死的时候是四十七岁。当时我觉得那很老了。他为什么不跳？"他说。

贝伦妮斯·潘拿着一块还是热的巧克力纸杯蛋糕，在他的房门外停了一会儿,听见了他的声音。她看见贝思在几分钟以前离开的。或许她忘了什么东西,又回来了。贝伦妮斯听见福肯布罗克先生发出了抑制的抽泣声。"天哪,糟透了,"他说,"这么说,我们得工作了。见鬼,我当时喜欢上学。没机会,十三岁就开始干活了。"他说,"要不是布莱索夫妇关照,我最后可能变成个流浪汉,"他自言自语道,"或者更糟。"

贝伦妮斯·潘的男朋友,查德·格里尔斯,是老布莱索夫妇的曾外孙。他们还生活在雷·福肯布罗克小时候干活的那个牧场上,两人都活过了一百岁。贝伦妮斯觉得,由于布莱索夫妇的关系,她在某种程度上与福肯布罗克先生成了亲戚,所以非常想偷听到点什么。她觉得,为了她自己和查德,不管好坏,她应该尽量多听到一些有关布莱索夫妇的事儿。屋内没声了,然后房门一下子打开了。

"噢哟!"贝伦妮斯喊了一声,那纸杯蛋糕在盘子里滑了一下,"我刚想给您送这个……"

"是这个吗?"福肯布罗克先生说。他从盘子上拿起纸杯蛋糕,不过没有咬一口尝尝,而是连着纸杯一起塞进了嘴里。那纸就塞在他的假牙后面。

在社交时间,梅卢霍恩先生过来介绍新"客人"。丘奇·博林杰是个比较年轻的男子，才六十五岁，但是雷看得出来，他是个真正的懒汉。他到养老院来，显然是因为他没有胆量去铺自己的床或洗自己的碗碟。另外一位特莉·泰勒太太，同雷的年龄相仿，八十出头了，只是她把头发染成了红色，手指甲也涂得红红的。她显得松弛而萎靡，就像放在太阳底下的一根蜡烛。她一直看着雷。她的眼睛是土黄色的，眼睫毛又稀又短，她那薄薄的老嘴唇涂了太多的唇膏，所以在她的黄油面包卷上留下了一道红。最后，雷受不了她直视的眼神了。

"有问题吗？"他说。

"你是雷·福肯奈夫吗？"她说。

"福肯布罗克。"他吃了一惊，说。

"啊，是的。福肯布罗克。你不记得我了？特莉萨·沃利？煤镇人？我和你是同学，只不过你比我高两级。"

但是雷不记得她了。

第二天早上，雷把叉子斜放在水煮荷包蛋上面，犹如靠在像一块没烤透的吐司那样的床上的美女一样，一抬头却遇到了她热切的目光。她启开了鲜红的嘴唇，露出了赭色的牙齿，那牙齿肯定是她自己的，因为没有牙医会做出一副看上去是从污水坑里挖出来的假牙。

"你难道不记得威尔逊太太了吗？"她说，"那个在暴风雪中为找猫而冻死的老师？斯克尔丘家的几个孩子，掉进了老矿井，死掉了？"

他确实模糊地记得学校一位老师在六月的一次暴风雪中冻死的事，但是以为这件事发生在其他地方，在科德山附近。至于斯克尔丘家的孩子，他表示没有印象，摇了摇头。

到了周六，贝思又来了，又放上了一杯水，一杯威士忌，还有那台录音机。他一直在想，他要说些什么。脑子里很清楚，但是要用话说出来却很难。整件事非常微妙而痛苦，说出来，别人肯定会以为你是个傻子。而特莉·泰勒太太，也就是特莉萨·沃利，又把他引入了斜路。他努力想记起那冻死的老师、跌入矿井的斯克尔丘家的孩子、贝克先生怎么为了一蒲式耳的土豆将丹尼森先生枪杀了，还有她说的有助于勾起他回忆的其他十几桩悲剧。他想起了一些完全不同的事件。他记起了曾经同达奇·格林一起到爱尔兰山顶上去找福莉·温特卡，福莉要让他们看她的阴部，作为交换，他们每人要给她一个镍币。那是深秋时分，狭长的黑漆漆的煤溪两岸，棉白杨树上的叶子已经落光了，天气还很暖和。他们可以看见福莉·温特卡从下面的棚屋艰苦地往上爬。达奇说，她不但能很容易地给他们看她的阴部，他们想同她性交也很容易，连她哥哥都同她性交。

达奇轻声地说着，好像她能听见他们的谈话似的。"连她的继父都这样。去年他被一只美洲狮杀死了。"

现在，过了七十一年，他才懂了。她的父亲是沃利，温特卡是她的继父。她的继父曾经骑着马送邮件，在斯内克卢特峡谷内被一只狮子拖进了暗礁。他曾经与之性交的第一个女性，煤镇的一个荡妇，现在要同他一起在梅卢霍恩养老院里度过一生中最后的日子。

"贝思，"他对孙女说，"今天我什么也不能谈。有些事刚出现在脑海中，我得自己想想透。上个礼拜新来的那个女人。我认识她，而且当时的情况并不好。"他说。怀俄明就是这么麻烦，你做过的每一件事，说过的每一句话，都会跟你一辈子。这又是地区性大家庭。

梅卢霍恩先生开始了一系列外出过夜的远足，他称之为"周末探险"。第一次是去大霍恩山上的梅迪辛惠尔。华莱士·凯姆斯太太摔了一跤，在停车场的碎石上擦破了膝盖。然后是城里人到牧场去度周末的活动，在那里，梅卢霍恩养老院的这帮人发现，与他们一起待在牧场的是科罗拉多来的七个捕鹿者。他们中间的大多数人都喝醉了，乱成一团，喜欢毫无意义地放声大笑，分贝高达一百一十。粉脸跟着他们傻笑。第三次旅行胆子更大了：去大峡谷的五天游，梅卢霍恩养老院里的任何人以前都没去过那里。尽管住宿费和交通费都相当可观，还是有十二个人报名。

"人一辈子只活一次！"粉脸喊道。

这群人中包括新来的丘奇·博林杰和福莉·温特卡，即特莉萨·沃利，即特莉·多兰，她最终的名字是特莉·泰勒。福莉和博林杰在面包车上坐在一起，在托瓦酒吧一起喝酒，坐在两人桌上用餐，计划第二天上午到小路去骑马。但是在骡车队出发以前，福莉要博林杰替她拍几张照，她可以寄给孙女们。她站在矮墙上，身后的景色极美。她摆出一个姿势，一只手抓着她在旅馆的礼品商店里买的松软的新草帽。她脱下了帽子，转过身去，用手遮着眼睛，装成昔日的舞台演员遥望远方的样子。她开了个玩笑，假装没站稳，失去了平衡。闷闷的一声"噢哟！"她就消失了。公园管理员冲到矮墙边，看见她在十英尺下面的斜坡上，紧抓着一棵小树。她的帽子躺在一边。就在他爬过矮墙，伸手去拉她时，那棵小树动了一下，土松了。福莉开始往边上滑去，五指紧抠着碎石。管理员将脚向她伸去，大声地叫她抓住。但是他救援式的一脚踢到了福莉的手。她就像坐水上滑梯那样沿着斜坡溜去，留下了十个深深的槽，标示着她的踪迹。然后，她做出最后一次拼死的努力，伸出了手，几乎抓到了她的新草帽。

第二天，这群人闷闷不乐地回到了怀俄明。他们一再相互诉说，她在摔下去时连喊都没喊一声，他们觉得，这表明她性格很坚强。

下一个周末，雷·福肯布罗克继续讲他的回忆录。贝思来以后，贝伦妮斯等了几分钟才站到门外去听。福肯布罗克先生的嗓音很单调，但是很洪亮，她可以听清每一个字。

"所以，在父亲找到了为钻油塔运输机器零件的工作以后，家里的条件好了一些。"他说，"钱真好。他还参加了一个名为'开拓者'的兄弟会。他们还有一个妇女分会，我母亲也参加了。他们把这组织称为'女士们'，有点像女厕所之类的东西。①他们两人都热衷于'开拓者'的活动，庆典、诉求、做善事，以及宣誓效忠于什么。

"母亲总是在为他们烤吃的，"他说，"还有为我们孩子准备的活动，钓鱼比赛、野餐、套袋赛跑。有点像童子军的活动，他们是这么说的。带点牧场味道的童子军，因为总是有编驯马笼头或者是养牛犊的课程。有点像童子军和我们没参加的四健会②之类的大杂烩。"

贝伦妮斯觉得这一切太无聊了。他什么时候才能讲讲布莱索家的

---

① The Ladies 在英语中既可意为"女士们"，也可指"女厕所"。
② 四健会（4-H），是美国农业部推广的一个非营利性青年组织，创立于1902年，它的使命是让年轻人在青春时期尽可能地发挥潜力。四健代表健全头脑（Head）、健全心胸（Heart）、健全双手（Hands）、健全身体（Health）。

事儿啊？她看见德布·斯莱弗从过道那头的哈勒尔先生的房间里走出来，手里拿着一盘绷带。哈勒尔先生小腿上生了个疮，老是不收口，一天得换两次药。

"现在别再去扯它了，你这个坏家伙！"德布喊着，转过角落，消失了。

"不管怎么说，母亲很可能比爸爸更投入。她喜欢交朋友，可是在煤镇的邻居中没有交到什么朋友。'女士们'制定了一个到各个大屠杀场地和输送木材的峡沟去追寻历史遗迹的旅行计划。母亲很喜欢这些旅行。她对很久以前发生的事有点兴趣。她会很兴奋地带着一块好看的石头回来。她过世时，已经拥有十几块从这些旅行中带回来的石头。"他说。

在过道里，贝伦妮斯想起了她姐姐，为了让她那位迷上了岩石的丈夫高兴，正背着她丈夫装满了石头的帆布包，在费劲地爬着石坡。

"我第一次获得暗示，知道我们的家族中有点什么特别的事儿，是在母亲去法森回来以后。我不知道他们在那里干了些什么，母亲说，法森分会请他们吃了午饭——土豆色拉和热狗。"他说。

"法森的一位太太说，她认识一位住在迪克森的福肯布罗克。她认为，他在斯内克河谷有个牧场。嘿，我一听到'牧场'，两只耳朵就竖了起来。"他说。

"而且福肯布罗克不是一个很常见的姓氏。所以我就问母亲，他们会不会是爸的亲戚。"他说，"如果我们有牧场里的亲戚，我会喜欢的。我已经在设想自己如何去学习牛仔的生活方式了。她说，不是，爸是个孤儿，那只是个巧合。她是这么说的。"

在那天夜里的晚饭桌上，大家又谈论了很久福莉·温特卡悲惨去世的事。然后丘奇·博林杰开始描述他去加拿大落基山旅游的情形。

"我们总是飞过去，然后租一辆车，而不是自己开车出去。那些州际公路会累死你的。太太喜欢住好旅馆，所以我们就飞到旧金山，决定开着车沿着海岸走。我们在好莱坞停下了，想看看好莱坞是什么样子。那里有一些很大的水泥柱子。该走了，我上了车，往后倒，车发出嘎吱嘎吱的响声，可是还开不出来。我终于开出来的时候，租来的那辆车的车门给擦坏了。于是我买了一些油漆，涂了一下，根本看不出来。我开车去了圣迭戈。我等着出租公司来信，可是信没来。我又租了辆车，挡风玻璃上有条裂缝。我说：'安全有问题吗？'那家伙望了我一眼说：'没问题。'我把车开走了，从来没出过问题。我们去欧洲时，也是这么干的。在西班牙，我们去看斗牛了。我们是两点钟以后才离开的。我想体验一下那种感觉。"

"他们有没有受伤？"粉脸问。

博林杰先生在想租车的事，没有回答。

贝伦妮斯告诉查德·格里尔斯，福肯布罗克老先生曾经为他的曾外祖父母打工，查德听了很感兴趣，并说，下次他去牧场时会同他们谈谈此事。他说，他希望贝伦妮斯能喜欢牧场的生活，因为他很可能会继承这地方。他让贝伦妮斯尽可能去多了解一些福肯布罗克工作时期的情况。在那些精明的老人中，有些人会设法通过捏造拖欠工资的指控来向牧场索赔。不管贝思什么时候拿着录音机过来，贝伦妮斯都会在雷·福肯布罗克房间外面的过道里找到些活儿干，听着，期待他会讲一些他秘密拥有的那个美丽的牧场。她不知道查德会干些什么。

雷说："我觉得，母亲在听说了迪克森的福肯布罗克夫妇以后，已经感觉到事情有点不对头。因为她给法森的那位太太写了封信，谢谢她丰盛的晚餐。我觉得，她是想同她建立起友谊，以便进一步了解迪克森那家人的情况。但是，据我所知，这种情况并没有发生。我的脑海中却留下了深刻的印象，我们不是唯一的福肯布罗克家庭。"贝思很高兴，他在展示他的人生，已经进入到故事角色中去了，就不经常停顿了。

"最后那天上学是去旅行并参加大规模的野餐。通常是整个集体一起去野餐，因为当年的班级是很小很分散的。我十二岁时，七年级只有三个孩子：我、我的一个跳了一级的妹妹和达奇·格林。当我们得知这次旅行是去科罗拉多边境附近的老布奇·卡西迪①这个逃犯住过的小屋时，大家都非常兴奋。那位老师，拉塔斯太太，将一张怀俄明的地图挂了起来，指给我们看那地方在哪儿。我在地图接近底部的地方看见了'迪克森'的字样。迪克森！那是那些神秘的福肯布罗克家人居住的地方。达奇是我最要好的朋友，我把一切都告诉他了。于是我们想找个办法，让大巴在迪克森停一下。也许那里会有去福肯布罗克牧场的路。"他说。

"结果，"他说，"我们不得不在迪克森停下，因为车子出了问题。

"迪克森有个很好的服务站，以前那里是一家铁匠铺。那锻铁炉还在，还有很大的风箱，我们男孩子轮流拉着风箱，假装我们有匹马在圈里。我问了那个修车的机械师，他认不认识镇上任何一个姓福肯

---

① 布奇·卡西迪（Butch Cassidy，1866—1908），原名罗伯特·勒鲁瓦·帕克，是一个臭名远扬的火车抢劫犯和银行抢劫犯，在美国作恶十几年后，逃至阿根廷和玻利维亚，可能在与玻利维亚的警察枪战中被击毙。电影、电视和文学作品中对他的生平和死亡多有描述。

布罗克的人,他说他听说过他们,但是不认识他们。他说,他是刚从埃塞克斯搬来的。达奇和我又扮演了一会儿铁匠,但是我们没去成布奇·卡西迪的小屋,因为他们没有把车修好,另外来了辆车,把我们接回去了。我们是在回家的路上,在大巴上吃的野餐。从此以后,我似乎忘掉了迪克森的福肯布罗克家人了。"他又开始放慢速度了。

"直到我爸死于30号老公路上的一次车祸时,我才想起了此事。"他说。

"他当时是在走捷径,车开在铁路的轨枕上,这时火车开过来了。"他说。

他说:"那时我在布莱索家已经干了一年活儿了,不在家。"

他一提到布莱索家,在过道里的贝伦妮斯就迅速抬起了头。

"布莱索先生开车送我回家,我才能去参加葬礼。葬礼是在罗林斯举行的,一切都是'开拓者'操办的。"他说。

贝思显得很困惑:"开拓者?"

"是他们参加的那个组织。'开拓者'。我们只要出席就行了。我们就照办了。牧师、棺材、鲜花、'开拓者'的旗子和座右铭、墓地、墓碑——全是'开拓者'搞定的。"他咳嗽了一声,抿了一口威士忌,脑子里想着公墓里的杂草及那些墓碑后面黄色的荒野。

贝伦妮斯没法再听下去了,因为厨师款待大家的铃声响了。将甜食送给住院老人是她工作的一部分。这是他们一天中很高兴的时刻,仅次于有酒喝的社交时间。厨师已经在把热腾腾的三角苹果派拨到盘子里。

"你听说了德布丈夫的事儿了吗?他在为某个游客拉牵引杆时,心脏病发作了。他现在住院了。很严重,九死一生。所以我们有一阵见不到德布了。也许永远见不到了。我肯定她为他买了一百万的保险。如果他死了,德布会得到一大笔钱。我也要为我的老家伙买保险。"

贝伦妮斯拿着一盘派出去时,福肯布罗克先生的房门是开着的,贝思已经走了。

每逢周日,贝伦妮斯和查德·格里尔斯都会开着查德的几乎全新的卡车去乡间小道。开车出游似乎是他们的约会。能源公司的卡车开得飞快,扬起阵阵泥土。由于那些公司建了一些地图上没有标志的新路,查德迷路了。他们一次又一次地转上一条好路,结果不是开到增压站,就是开到井场的死巷里。在一个人出生、成长、从未离开过的家乡迷路,是件很尴尬的事,于是查德诅咒那些煤气公司。最终,他选了一条去多蒂山峰观光的路线,朝那里开去,专门朝那些糟糕的道路开去。他的脑海里一直想着大山。在一段石子路上,一只车胎爆了。他们总算来到鬼城达德。查德说,这次出行不顺利,贝伦妮斯不得不表示同意，不过，这并不是最糟糕的一次。

下一周，德布·斯莱弗根本没来上班，那些额外的活儿就全落到贝伦妮斯身上。她讨厌为哈勒尔先生换药，有好几次就没去干这活儿。星期三是内尔森医生来访的日子。贝伦妮斯听到内尔森医生说，哈勒尔先生必须去住院，感到很高兴。星期六是贝思来探望福肯布罗克先生的日子，贝伦妮斯匆匆地干完了她的活儿，这样她就可以在门外倚在拖把上听他们谈话了。他讲了关于他母亲的花园、很久以前的马匹、一些老朋友等许多无关紧要的故事，无法知道他接下来会讲些什么。他几乎再也没提起曾经如此善待他的布莱索夫妇。

"爷爷，"贝思说，"您看上去很累。没睡够吗？您一般几点钟上床？"她把他谈话的打印稿递给他。

"在我这样的年纪，人们不需要靠睡眠来休息。我一直在休息，感觉很好。"他说，"这看上去相当好……像一本书似的，看起来很方便。"他很高兴，"上次我们说到哪里了？"他一边翻着稿子，一边说。

"您爸爸的葬礼。"贝思说。

"噢，好家伙。"他说，"我觉得，母亲是在那一天才把事情理清楚的。我似乎知道了，至少我知道出了件龌龊的事，但是，过了若干年我才真正懂得。我爱我爸，所以我不想去弄明白。我还保存着他给我的巴克刀，世界上的任何事情都不能让我与它分离。"他说。

这时，谈话停顿了一会儿，因为他起身去找那把刀，找到了，把它拿给贝思看，又小心翼翼地放进他柜子里最上面的那个抽屉里。

"所以，当时我们大家都在场，正从教堂里鱼贯而出，朝着载我们去墓地的车走去。我挽着母亲的胳膊。这时，有一位太太大声地喊：'福肯布罗克太太！哎，福肯布罗克太太！'母亲转过身去，我们看见这位穿着丧服，大衣上别着一朵枯萎的丁香花的高个子胖太太朝我们奔来。"他说。

"但是，她就从我们身边走过，走到一个瘦瘦的、相貌平平的女人跟前，向她表示哀悼。这个女人带着一个和我年纪相仿的男孩。然后，这位胖太太看着那个孩子说：'唉，雷，现在你必须成为家里的顶梁柱，尽一切力量帮助你母亲了。'"他说着，停下来往酒杯里倒了些威士忌。

"我请你设身处地地想一想，贝思，"他说，"你很看重家庭关系。我要你想象一下，你同你的母亲和姐妹们一起去参加父亲的葬礼，有人喊你母亲的名字，然后直接走向另一个人。而且那个人身边带了个孩子，那个孩子还跟你同名。我当时……我能想到的是，他们一定是迪克森的福肯布罗克家族，而且归根结底，他们与我们是有亲戚关系的。母亲当时什么话也没说，但是我能感觉到她的胳膊抽搐了一下。"他说。他猛地动了一下他自己的肘部来展示当时的情景。

"到了墓地,我朝与我同名的那个孩子走去,问他,他们是否住在迪克森,他们是否有一个牧场,他们同我们正在埋葬的我的父亲是否有亲戚关系。他朝我看了一眼,说,他们没有牧场,也不住在迪克森,而是住在拉巴尔杰,再说,我们正在埋葬的是他的父亲。当时我脑海中一片混乱,所以只说了一句'你疯了!'就回到了母亲身边。母亲根本不提这事儿,最后我们回家了,同平常一样过日子,只是钱少得可怜。母亲在森普牧场找了个厨师的活儿。直到一九七五年她过世时,我才把事情理清楚,"他说,"所有的事情。"

星期天,贝伦妮斯和查德照样开车出去。贝伦妮斯带上了她的新照相机。不知为什么,查德坚持要重走那条错综复杂的能源路。这里同以前几乎一模一样,全是蜘蛛网似的、没有路标的、容易拐错路的碎石子路。在前方很远的路旁,他们能看见一些卡车。有一道很深的沟,里面放着一根管子,宽度是一只狗可以轻松地跨过的。他们来到了拐角处,一些工人正在将一根管子放进一台大机器,这机器能将管子焊接在一起。贝伦妮斯觉得这机器很有意思,就举起了她的照相机。在机器后面停着一辆卡车,一个戴着墨镜的邋遢的小伙子坐在方向盘后面。在三十英尺以外,另外一个人在用一辆铲斗机往沟里填土。查德摇下车窗,咧嘴一笑,很随意地问那个小伙子,那机器好使吗?

那小伙子看了一眼贝伦妮斯的相机。"他妈的,干你们什么事?"他说,"你们到底在这里干什么?"

"县里修的路,"查德说着,突然发起火来,"我住在这个县里,我生在这里,我比你更有权利待在这路上。"

那小伙子恶狠狠地大笑了一声。"嘿,我才不在乎你是不是生在旗杆顶上的呢,你没有权利来干预这里的工作,还拍照。"

"干预?"但是他还没来得及说更多的话,操作焊接机器的人走了出来,那两个扶着管子的人也走了过来。那个开铲斗机的人也跳了下来。这些人全是气势汹汹,神气活现的。"见鬼了,"查德说,"我们只是周日开车出来玩玩。没想到会看见有人在星期天工作。以为只有我们牧场里的人才会这样。祝你们愉快。"于是他踩了一脚油门,在一阵尘土中迅速离去。碎石在车底下噼啪作响。

贝伦妮斯刚要说:"这是怎么回事?"但是查德急促地说了声"住嘴",就飞快地将车开走了,他一直看着后视镜,直到把车开上了沥青路,他才将车速降了下来。一路上,他们都没有说话,直到回到贝伦妮斯的住处。查德下了车,围着卡车转了一圈,仔细地打量了一下。

"查德,你怎么能让他们这么奚落你?"贝伦妮斯说。

"贝伦妮斯,"他小心翼翼地说,"我猜,刚才你没看见他们中间有一个人身上带着一把.44的枪,而且他正在把枪从枪套中拿出来。

在一个偏僻地区同五个壮汉在沟边打架,不是个好主意。打输的人掉进沟里,那个开铲斗机的家伙干上五分钟的活儿就搞定了。瞧瞧这里。"他说着,把她拉到卡车后面。后挡板上有个洞。

"那是那个老兄的.44干的好事,"他说,"幸好那路不平。否则我会给打死,而你会待在那里任他们取乐。"贝伦妮斯打了个战,"很可能,"查德说,"他们以为我们是什么环境保护主义者。你的那个照相机。下次把它留在家里吧。"

从此以后,贝伦妮斯开始对查德冷淡了。他似乎缺乏男人气质。她想带照相机去哪里就去哪里。

星期一,贝伦妮斯正在厨房里找那台已经两年没用的做冰淇淋的机器。梅卢霍恩先生刚从杰克逊带回来一个制作苹果冰淇淋的方法,他很想让大家分享他的快乐。正当她在昏暗的柜子里摸索的时候,德布·斯莱弗奔了进来,砰的一声把柜子门关上了。

"哎哟!"贝伦妮斯说。

"你活该。"德布吼了一声,又昂首阔步地走了出去。大厅里传来了声音,似乎是有人踢了一下一只标本狗。

"她快气疯了,"厨师说,"达克没死,所以她没有得到那一百万美元的保险金,而且更糟的是,他以后一辈子都需要精心的照顾——

殷勤的伺候，光滑的枕头。她得终身照顾他。我不知道她会不会继续工作，并找一个帮手，还是有别的方法。或者，梅卢霍恩先生会让他待在这儿。那么，我们大家都得精心地照顾他了。"

周六到了，贝伦妮斯又在过道里福肯布罗克先生的房外晃悠了。这是习惯使然，因为她已经同查德分手，不再真正地关心布莱索家或他们的牧场了。贝思给爷爷带来了一盘巧克力布丁。他说，这很好，不过不如威士忌，于是她同往常一样，给他倒了杯威士忌。

"这么说，"贝思说，"您在葬礼上遇见了另外一个福肯布罗克家族，但他们不再住在迪克森了？"

"不，不，不，"他说，"你什么也没听懂。参加葬礼的那些人不是迪克森的福肯布罗克家族。他们是拉巴尔杰的福肯布罗克家族。在迪克森还有一支。母亲过世时，我和我的姐妹们得清理她的物品，把一切整理清楚。"他说。

"对不起，"贝思说，"我想我理解错了。"

"她收集了她能找到的有关爸爸的所有讣告。对我们却只字未提。她把这些讣告放在一只大信封里，上面写着'我们的家'。我无法知道，这是不是带着讽刺意味。一般是讲他生在内布拉斯加，曾就职于联合太平洋公司，然后是俄亥俄石油公司，这个公司，那个公司，而且，他是个忠诚的开拓者。一张讣告说，他在内布拉斯加的查德伦留下了洛蒂·福肯布罗克和六个孩子。男孩的名字叫雷。另一张讣告说，他悲痛的家人住在怀俄明的迪克森，包括他的妻子萨拉－露易丝和两个儿子，雷和罗杰。然后，在《卡斯珀之星》上登载的讣告说，他是一位著名的开拓者，留下了妻子艾丽斯，儿子雷和罗杰，女儿艾琳和戴西。那是我们。最后一张讣告说，他的妻子是拉巴尔杰的南茜，孩子是戴西、雷和艾琳。一共有四支。你瞧，他干的好事，是给所有的孩子起同样的名字，免得搞混了，把雷叫成弗雷德。"

他透不过气来了，嗓门又高又抖。"我从来不知道我爸给我妈这种震惊时，我妈是什么感觉，因为她从来不提这事。"他说。

他一口就把威士忌喝了，咳嗽得很厉害，最后还发出了作呕的声音。他擦去了眼中的泪水。"我的姐妹们看到这些讣告时，惊得目瞪口呆，都诅咒他，但是回到家里，她们从不提起此事。"他说，"所有的人，拉巴尔杰的、迪克森的、查德伦的，天知道还有什么别的地方的人，都一律表示沉默。没有人追究。到目前为止是如此。我想，我得再喝一杯威士忌。这种谈话好像把我的喉咙说干了。"他说着，自己拿起了瓶子。

"好了，"贝思说，想消除一下刚才的误解，"现在，我们至少有了这么大的一个家族。发现那么多堂兄妹是件令人激动的事。"

"贝思，他们不是堂兄妹。你想想。"他说。他以为她很聪明。其实并非如此。

"说实话，我觉得挺酷的。我们大家可以在感恩节聚一下，或者在七月四号。"

雷·福肯布罗克的双肩松弛了下来。时间就像系在绳子一端的轮胎，越摆越慢，让那只老猫死去。

"爷爷，"贝思温柔地说，"您得学会爱您的亲戚。"

他什么也没说，然后来了一句："我爱我父亲。"

"他是我唯一爱过的人。"他说。他知道，一切都是没有希望的，她不聪明，而且也没听懂他说的任何话，他觉得，他口述的那本书会被人们当作一个老人昏聩的废话。就像风向和风速的突变能将飞机吹下地一样，对过去的背叛的回忆不由自主地打开了他愤怒的闸门。他诅咒所有的人，把录音机推到一旁，告诉贝思，她最好回家找她丈夫去。

"这真可笑，"贝思对凯文说，"他那死于二十世纪三十年代的父亲，会让他这么激动。你会觉得，一切早该结束了。"

"这是你的想法。"凯文说，电视机中的光线忽明忽暗，让他的脸显得仿佛在抽搐。

我一直热爱这地方

杜安·福克是魔王的鬼秘书。他在到处忙碌，收拾那套办公室。他洒水，去除书桌面上的沙子和灰尘、地板上的碎石，把笨重的红色丝绒窗帘拉上，在房间里喷上有机肥水。就在午夜十二点整，他听见了那熟悉的脚步声沿着走廊走来，就立正站好。

"早安，先生。"杜安巴结地说。

"Merde①."魔王嘟哝了一声，怒气冲冲地向周围扫了一眼，"这地方是——没法说。"他刚从米兰的世界设计和花园展览会回来，在那里，他的身份是用压皱的白纸制作前卫的花园家具的设计师。"要是它被雨点淋湿或者弄脏了，谁在乎啊？就把它踢进烤炉烧了。"他建议说。但是当他看到池塘旁的塑料沙发、有树枝编织的顶篷的人行道、长着热带棕榈树的花园、岩洞和悬臂码头时，他真是嫉妒得要命。

---

① 法语，意为"狗屎"。

我一直热爱这地方

在回地狱的路上,他翻了五六本设计杂志,填了一张订购《住宅》的单子,大致想了一下,要出版一本可以同它叫板的杂志,名字叫《地狱里的住宅》。在研究杂志的过程中,他懂得了,他更需要的是自然景色、河滨公园和纪念碑,而不是建筑设计。

"这个鬼地方有多久没变了。太老式了。过时了。人们想起地狱就打呵欠。覆有黏液的岩石和阴暗的森林已经不能像往年那样引起那吓人的战栗。现在有些环境保护者就喜欢这样的特色。我们得与时俱进。要现代化。要扩充并扩大。既然我们的气候修复计划正在进行,在制造沙漠、融化冰川、制造泛滥,我们就**必须**得扩大。相比之下,我们开始显得过时了。而且,杜安,人间的一切迹象表明,前面还有一场重大的宗教战争,我们要是不做好准备应对地狱人口膨胀,我们会大伤脑筋的。"

在从设计展览会回家的路上,他还在一篇名为《洋葱》的冗长文章中看到了一段讽刺性的文字,装模作样地说,为了容纳数量日益增长的大坏蛋,其中主要是美国商人,增加了第十狱。魔王微笑了一下,第十狱的主意不错,但是地狱未来居民的增加远不只是为烟草说客和公司高管提供住处。从长远来看,很可能不需要进行扩建;因为所有的人几乎都必然会罚入地狱,只要颠倒一下就行,就像将一段肠子从里到外翻一下,就可以用作香肠皮一样。无须他动手,地球本身就会成为另一个地狱。在此期间，他打算更新一下现有的设备。

"杜安，今天我们要去视察一下我们的资产，看看在什么地方可以做一些改进。我要你带上你的笔记本。Andiamo①！"他们坐上一辆红色的高尔夫车就出发了，魔鬼只穿着他狩猎时穿的夹克衫，杜安戴上了眼罩。

一路上，魔王抛出他研究杂志所获得的商品信息。"我们不是要把东西拆掉，开始重建，用上推土机，去掉表土又填上，采用进口的岩石。我们要做的是找一找这里已经有的东西的潜力，而且将它利用起来。这地方的基本构架是好的。这一点我们是知道的。我们要用在伊拉克工作过的建筑公司'驱逐并屠杀'，听上去像我们要的那种公司。给他们打个电话，了解一下他们的费用。如果要价太高，我们就强制性地把他们搬到这里来，让他们成为一家本地公司。"

在大门前，魔王翻了个白眼。

"这牌子必须得留着，"他说，"最后那句话确实妙不可言！**所有来到这里的人，都得抛弃希望！**但是这扇门太乏味了。要不是那块牌子，它就是另一扇罗马风格的石头门。但是如果我们用像圣路易拱门和电子瀑布这样现代化的东西来代替……"

---

① 意大利语，意为"出发"。

我一直热爱这地方　　45

杜安·福克眉头紧皱，一脸怪相，表明他思想很混乱。

"怎么回事？"魔王问，"你觉得喷胡椒水更好？"

"啊，不！我想我只是不知道电子瀑布是什么。"

"你听说过瀑布，是吗？"

"是的，先生。"

"电子瀑布是一回事，只是用的是电，而不是水。当然我们可以将它们混在一起用——这样会让你觉得高兴吗？"

"您干什么，我都是很高兴的，先生。"

"好吧。记下来。入口处的大门——用圣路易拱门和电子瀑布。"

在河边，魔王同卡戎①开了几个玩笑，不过那老人吼了一声"现在这样就蛮好"之后，对改进摆渡的过程没提出任何建议。卡戎灼热的眼睛不停地眨着。他用他的桨打走了五六个裸体的恶棍后说："你们记得给我配眼药了吗？"

"见鬼！"魔王说，"我又忘了！下次一定记得。你把脑袋浸在河里试试。"他把此事摆平以后，他们就离开了河岸，嗖嗖地穿过地狱边境的郊区。

"无……聊。"魔王看了一眼围在电影制片商周围的作家和诗人。

---

① 卡戎（Charon），希腊神话中在冥河上摆渡亡魂去阴间的船夫。

那些笔杆子正拿着剧本,在讲他们的想法。

第二狱是"阴暗的暴风雨夜晚"文学类型的来源以及婚姻骗子的仓库式收容所,在这里,魔王大喊道:"把通风口关掉,米诺斯①,把我的发型吹乱了。"在行进中,他打开了高尔夫车的车前灯,认出了几个犯通奸罪的恶鬼。"过得怎么样,宝贝?"他说着拍了拍帕里斯②的屁股。杜安·福克居然舔了一下克娄巴特拉③的左胸。魔王没有想出改造地狱的这个角落的主意;那些通奸犯得永远感到恶心并呕吐,这是板上钉钉的事;要设计现有的混凝土排水沟以外的东西,是浪费时间。

来到第三狱,魔王才有了创造的愿望。冰冷的雨水和雨夹雪将一些腐烂的海绵不断地抛到泥地里。人体在烂泥里蠕动。魔王停下来听

---

① 米诺斯(Minos),希腊神话中的克里特国王,死后成为地狱里的审判官。
② 帕里斯(Paris),希腊神话中的特洛伊王子,因诱走斯巴达王墨涅拉奥斯的妻子海伦而引起特洛伊战争。
③ 克娄巴特拉(Cleopatra,公元前69—30年),埃及托勒密王朝末代女王,才貌出众,卷入罗马共和国末期的政治纷争,与恺撒、安东尼关系密切,其逸事被文学和艺术作品大量演绎。

他们用成百种语言说出的最近的一些流言。从黢黑的悬崖中传来刻耳柏洛斯①的嘶哑的、绝望的狂吠声。

"坏家伙！坏家伙！"魔王边给那家伙扔过去一把肉丸子，边喊着，以示鼓励。几个脑袋都去咬飞过去的美食，全吞下去了。刻耳柏洛斯叫了几声表示感谢，并说出了一点新闻。

"你知道萨科齐②的事吗？"

"不，先生。"杜安说着，记下了。

"我们在这里可以干点儿什么。"魔王说，"我们需要的是让新奥尔良变得如此伟大的一切东西：光滑的车顶、钉子杵在外面的浮动木板、漂浮着许多污物的河水、互相矛盾的指令。或者过一段时间来一次海啸。这地方似乎很适合一次凶猛的海啸。我还要让四周都散发出一股浓浓的臭气。这种地面的浓雾几乎是一钱不值。"他看了看流着黑水的阴间石坡，"地狱，光是这景色就值几十亿。让人透不过气来。我一直热爱这地方。"

那辆高尔夫车摇摇晃晃地穿过泥潭。他们绕着冥河前面的大沼泽

---

① 刻耳柏洛斯（Cerberus），守护冥府入口的长着三个脑袋的猛犬。
② 萨科齐（Sarkozy，1955— ），法国第23任总统。

开，但是从淤泥里发出的那种讨厌的、令人窒息的声音从潮湿的空气中传来，就像千百头猪在饲料槽旁吃食。在河的那一边，他们可以看到令人难以相信的陡峭的高山，山顶上的狄斯①城兀立在火红的天空中。在小船停泊处，魔王吹起了刺耳的口哨，他们看见在远处，船夫佛勒古阿斯②正在将船朝他们撑过来。

"你知道，实际上，这是卡戎的活儿，但是我把他放在冥河，因为他很有个性，能风度翩翩地将初来乍到者引进来。而佛勒古阿斯干什么都能干得很好。"那强有力的船夫将高尔夫车抬起，放进船里，他们就在黑水中行驶，水中挤满了正在挣扎的游泳者，人数之多，影响了船的航行。

"记一下，杜安。我们要在这里放上两三百条盐水鳄。从澳大利亚订货。将我们的苍蝇、昆虫、蚊子、跳蚤的一揽子订货加上一倍。"

在山脚下上岸以后，魔王用手指搭成一个框，在不同的景色前张

---

① 狄斯（Dis），古罗马神话中的冥王，狄斯城位于第六狱。
② 佛勒古阿斯（Phlegyas），希腊神话中的塞萨利国王，其女儿与太阳神阿波罗相恋，后因移情别恋被阿波罗射死。佛勒古阿斯一怒之下，放火烧了太阳神在德尔菲的神庙，被众神处死，死后成为恨河斯梯克斯上的摆渡船夫。

望，老是转回去看山顶上的那座城。

"地理位置，位置，"他喃喃地说，"我们一直在忽略这一点。这是环法自行车赛的理想终点。职业骑手已经在地狱里赢得了一席之地。这里要比任何一座阿尔卑斯山高一倍。"他们绕开小路上的巨石，沿着陡坡往上走。

"正如我想象的那样。路又软又好走。让我们从被错误地称为'北方的地狱'的巴黎—鲁贝比赛中学上一招。让我们在这里最陡的路段铺上一些粗糙的碎石。我还要让人把那些护栏从悬崖边移开，在最后的五公里，要放置许多燧石和克洛维斯矛尖①。多变的气候也能派上用场；冰雹风暴、燥热、石子上的黑冰、飓风级的侧风，还有那个人们称之为恶魔的德国人的几千个克隆人，他本人穿着发臭的红色制服，拿着一把硬纸板做的干草叉，真是个笨蛋。他看了太多古老的木刻画了。在某个好日子里，我会给他一个职务。每一个骑手都是吸毒者，有些人来的时候就像辛普森一九六几年在文图克斯山那样，嘴里还冒着白沫。我们还要找一些尖叫的人来扔一桶桶的污物、细粉尘、一把

---

① 克洛维斯矛尖，1933年在美国新墨西哥州早已干涸的克洛维斯湖中发现的古代矛尖。这是北美大陆上发现的最古老的人工制品。

把的地毯钉和喷橄榄油。然后朝骑手身上撒尿。水瓶里装上煤油或者碱水。骑手们必须自己修车，并把备件挂在脖子上。如果他们掉队了，摔坏了胳臂或腿，没人能帮他们。一路上要有更多的狗。还有响尾蛇。让我们想一想，在出发的大门口必须来一次灌肠，每三十分钟来一针兴奋剂，怎么样？至于国际自行车联盟……"他朝着那魔鬼的耳朵低声说。

"Chapeau①！"杜安·福克喊了一声。

在狄斯城，魔王告诉那些愤怒且受尽折磨的居民，要准备迎接一流的自行车赛。在向下滑过之后的几狱时，魔王决定要把一些总统套房改装成日本旅馆里的小单间和沃尔玛的男厕所，加一家屠宰场的夜总会，并且决定，在一个新人走进大门，并由卡戎引入"欢迎来到地狱"的大厅之后，他或她就会发现世界上最差的航站候机室的综合特征，里面全是下级官员、施虐受虐狂的职员、越来越严格的连续安检、登机门和出发时间变动极快，最后在一个废旧的、拥挤的桶里穿过台风飞行二十七个小时，而此时铆钉一直在拍打着"机身"。

在登上狄斯城的行程中，魔王发现一小群烤焦了的、弓形腿的男人在一个沸水洞附近闲逛。这一片是意大利文艺复兴时期政客的专用

---

① 法语，本意是"帽子"，亦有"脱帽致敬"之意。

我一直热爱这地方　51

地。闲杂人员是禁止入内的。

"真该死,"他说,"这是布奇·卡西迪和他过去的一些同伙。无耻的坏蛋。让我们为所有这些在崎岖的小路上干好事的偷牛贼和牛仔设计一些好东西。我想,我们可以以彼之道,还施彼身。让我们叫上四骑士和我们的一些助理小魔鬼骑手,驱赶那些牛仔,分开关进围栏。我们把他们捆起来,扔进去,阉割了,接种疫苗,再用我的铁制大干草叉在他们身上打上烙印。啊,会扬起许多灰尘,他们会大声嘶喊和哀求。他们会试图挣脱。他们会尖叫和胡言乱语。最终我们会把他们赶到一个长满了旱雀麦、硬毛刺苞果、苍耳和壁虱的沙地里。他们可以骑上巡回比赛的骑手扔掉的自行车并听斯利姆·惠特曼[1]在大喇叭里唱《印度爱情电话》。"

"对牧场主也这样吗?"杜安·福克问。

"不,这里不需要麻烦他们。"他想了一会儿,然后说,"等一下!不过,最好还是给牧场主几群暴躁的弥诺陶洛斯[2]。给他们一些桀骜不驯的半人半马怪物,让他们骑。这事儿提醒了我,给我的晚餐叫一

---

[1] 斯利姆·惠特曼(Slim Whitman, 1923—2013),美国著名乡村歌手。
[2] 弥诺陶洛斯(Minotaurs),希腊神话中的牛头人身怪物,每年要吃雅典送来的童男童女各七名。

个烤好的。"

"要哪个？弥诺陶洛斯，半人半马怪物，还是牧场怪物？"

"哪个最方便，就要哪个。中等嫩度。"

在他们走进闲逛的人群中时，魔王喊道："嗨，布奇，最近骗到什么钱了吗？哈哈哈哈。晃晃那条木头腿。"

魔王听到狄斯城嘈杂的多种语言的谈话声，就感到讨厌，决定来一次标准化。"我想，我们要把丛林居民的科伊桑语①定为地狱的官方语言。"他流利地吐出齿音、上腭音、齿龈音、边音和双唇搭嘴音。杜安·福克欢呼地表示赞同。

"你的发音有进步，杜安，但是还不够清脆。"魔王朝周围看了看烂泥和黑色的碱水喷泉，"我看不到任何荨麻、乳浆草、菁草、马唐草或凤眼蓝。让我们找几个美国农业部的工作人员来干活，在这里搞一个魔鬼俱乐部。"

魔王的思路老是回到自行车骑手身上。他打电话给保安塔，命令所有在入城口巡逻的撒旦童子军帮助骑手，让他们朝堆在街上的家具、标杆、路面坑洞和陡坡方向骑过去。既然他已经注意到了他脑海中所谓的"地狱中的体育"，这些想法就像求偶的蜉蝣那样到处乱飞。杜

---

① 南非的一个语系。

安的笔在纸上猛画，每一行的结尾都歪斜向下。光是足球一项就冒出了一千一百种改进方案，而且从足球很容易就跳到板球和掷木柱，又跳到租用厨师、杀虫剂的制造商、世界的首脑、扫雪机的驾驶员。

"建筑工人！"魔王喊道，"他们的硬帽子得融化掉，他们的脚手架要不断地坍塌。开着卡车卖冰淇淋的商人？每一勺香草冰淇淋中放上一块火烫的煤。在巧克力冰淇淋中放上羊屎——我会亲自动手来做。"他从路旁的茶点自动售货机里抓了两只圆锥形的火筒。然后，看到远处烤着的放债人，他想到了银行和贷款、钞票和税收。

"加拿大税务局！我们会让他们在第九狱的冰上打冰球，他们的国球。"

"让美国国内收入署的人来打，是不是更好？名气更臭？"

"杜安，与加拿大税务局相比，美国国内收入署是幼稚的娃娃。地球上没有一个机构像加拿大税务局那么顽固、官僚化、专权、假惺惺、敲竹杠、打官腔、深不可测、吃人不眨眼。"

"不过，如果冰球是他们的国球，他们会不会很喜欢打？"

"我想不会。冰鞋里面会放上冰刀。那些冰刀是很讨厌的。"

但是他老是想到第十狱。他可以干的。这应该是一次完全意想不到的、惊人的突然袭击，一次颠覆。他驾驶着高尔夫车时，想到了艺术博物馆。不仅是人世间的博物馆馆长想要交给地狱的一批收藏品，还有几千年来他自己的种种形象，从可怕的黄眼睛山羊，到有着撒旦的翅膀的蝙蝠，阴间绝妙的区划，当然还有人间邪恶、罪行、堕落罪犯的目录。

他的想法层出不穷。在博物馆的一个画廊里，他会建立一个希罗尼穆斯·博斯①画得惟妙惟肖的音乐地狱。他会拥有戈雅②所有的女巫和他的那群臭烘烘的人，没牙的、身上插着刺刀的、怒吼的、受尽折磨的、怕得要死的。他还会有每一张撒旦的画，即使有许多描写了他受到傲慢的圣徒们的羞辱；在这方面他总是笑到最后的。维努斯蒂③画的是一个愚昧的圣徒伯纳德用链条把他拴住了，但是过了一会儿那链条就融化了。画家当时不敢画出来。迈克尔·帕切尔④给了他绝妙的青蛙一样的绿色皮肤，但是那鹿角和屁股上的脸画得有点

---

① 希罗尼穆斯·博斯（Hieronymus Bosch，1450—1516），文艺复兴时期的尼德兰画家，风格独特、怪诞，创作了大量的宗教题材作品。
② 戈雅（Goya，1746—1828），西班牙浪漫主义画家。
③ 维努斯蒂（Venusti，1512—1579），意大利矫饰主义画家。
④ 迈克尔·帕切尔（Micheal Pacher，1435—1498），奥地利画家、雕刻家。

过分了。杰勒德·大卫①的画像要好看一些。要为古斯塔夫·多雷②专门辟一间屋，他很珍视这位画家的创造性。许多丰收的画也很好，在这些画中，他把一些可恶的灵魂扔进了他的防火的黄麻袋里。他会在博物馆里塞满所有的《末日审判》。那些罚入地狱的人像成熟的无花果从树上掉下一样。西诺雷利③，他不知道西诺雷利怎么会知道该给他的一些魔鬼画上绿色的、灰色的、紫色的皮肤呢，也许是恰好猜对了。西诺雷利画的魔鬼当中有一个肯定是杜安·福克，他正在咬一个人的脑袋。他也许可以问问那个画家，如果他能找到他的话。他们得开始为那些罚入地狱的人以及他们的具体位置编一个数据库；现在在地狱里什么人都找不到。

他还在考虑艺术博物馆的事，计划要有一个房间，里面其他任何画都不放，只挂一幅威廉·布莱克④的《撒旦在煽动一些叛逆天使》，

---

① 杰勒德·大卫（Gerard David，1460—1523），早期尼德兰画家，以熟练使用色彩而闻名。
② 古斯塔夫·多雷（Gustave Doré，1832—1883），法国著名版画家、雕刻家和插图画家。
③ 西诺雷利（Signorelli，1450—1523），意大利文艺复兴时期画家。
④ 威廉·布莱克（William Blake，1757—1827），英国著名浪漫派诗人和画家。

这幅画展示了在叛乱失败，他被驱逐之前，他是最美的天使，比任何希腊神祇都俊美。但是，一想到那段时光，他就感到很郁闷，于是决定避开那个布莱克；他会用鲁本斯①和提埃坡罗②的画来代替。当他在脑海中列出他打算收集的画和雕塑的清单时，他才意识到，要把它们从普拉多美术馆、圣母百花大教堂、卢浮宫、美术学院、各种艺术院校和图书馆、私人收藏和寺院、天主教堂或礼拜堂搬出来会花费多大的精力。这个计划一下子就彻底失败了。好吧，好吧，有困难；他不会去任何寺院或教堂。更新的计划到此为止。他那一根筋的脑袋没法不去想寺院、天主教堂和礼拜堂。

他应该让一些专业的偷画贼不要去干他们那些坑蒙拐骗的勾当，让他们来干这些活儿，但是故事中没提到这事。

---

① 鲁本斯（Rubens，1577—1640），佛兰德斯画家，巴洛克画派早期代表人物。
② 提埃坡罗（Tiepolo，1696—1770），意大利画家，其画作属于早期洛可可风格。

那些古老的牛仔歌曲

人们以为，开拓者来到农村，安了家，过着艰苦的生活，养育了一窝不穿鞋的孩子，建立了一代又一代的牧场。有的人确实如此。但更多的人走得不远，很快被遗忘了。

阿尔奇和罗斯，一八八五年

阿尔奇和罗斯·麦克拉弗蒂夫妇在从马德雷山脉滚滚流来的小威德河旁安了家。这条河不是以那种令人讨厌的小植物群命名的，而是以 P.H. 威德，一个饿死在河的发源地附近的淘金者的名字命名的。阿尔奇的脸像剥了皮的颤杨一样光滑，他的嘴唇浅浅地刻在脸上，就像用刀划了一下。他所有的天然妆饰就是他那张红红的脸颊以及似乎是充了电的、有弹性的赤褐色鬈发。他对提问的人一般都谎报年龄，实际上他不是二十一岁，而是十六岁。第一个夏天他们住在帐篷里，阿尔奇在建一间小屋。他花了一个月为邦克·佩克赶迷路的牛群，才有钱买两块玻璃窗。那小屋很舒服，是用加工成方料的八英尺的木头，顶端开了榫，直接接起来建成的。在他们唯一的一个邻居的帮助下，阿尔奇只能建这么大的屋子。邻居汤姆·阿克勒是个坚忍的探矿者，夏天住在山上。他们用深黄色的黏土堵住小屋的裂缝。一天，阿尔奇将一块很大的石板拖到屋前当门阶。在凉爽的傍晚，他们把脚放在大石头上，坐在那里看麋鹿走过来饮水，而且就在天黑下来之前，看白鹭朝河水的上游飞去，它们身上的颜色同天空如此相称，似乎它们就是风的眼睛。阿尔奇在山坡上挖坑，建了一个结实的熏肉室，他锯木头，罗斯劈柴火，最后他们在小屋旁高高地堆起了四考得①木柴，一只黄鼠狼马上住进了这堆木材里。

"它会赶走耗子的。"罗斯说。

"是的，只要这坏蛋不咬人。"阿尔奇说着，弯了一下右手的食指，"你老是擦窗子，会把那些窗子磨出洞来的。"但是他喜欢南面的玻璃能把巴列尔山脉收进它的窗框。他说话有一点口音，因为他母亲是在爱尔兰怀上他的，他于一八六八年出生在达科他地区，父母是从班特里海湾迁过来的，他父亲是联合太平洋铁路铺铁轨的枕木工。他七岁

---

① 考得（cord），木材的堆积单位，一般为128立方英尺，约为3.6246立方米。

的时候，母亲死于霍乱，几周以后，父亲也死了。他父亲一口气喝下了一整瓶加了士的宁的专利药，这药要是一茶勺一茶勺地喝，是保证能防治霍乱和麻疹的。母亲在去世以前，曾教过他几十首老歌以及音乐结构的基本原理，在一块木板上画上黑色和白色的键，让他坐在前面，鼓励他用正确的手指去碰那些键。她用纯正的音调哼唱他碰到的单音。家庭的毁灭，抹去了爱尔兰的影响。热心的密苏里循道公会教徒萨拉·佩克把这个小小的孤儿养大了，而她的儿子邦克对此十分不满。

一队骑在马上的流浪者穿过佩克的工棚，阿尔奇从小就听他们唱的歌。他学起曲子来很快，善于记韵律、大段歌词和音调。佩克太太在为杀死的小鸡用火燂毛时，引起了一场草地大火，她在火灾中丧生，去了永远不吃早饭的地方。当时阿尔奇才十四岁，而邦克二十刚出头。没有了佩克太太这个缓冲器，两人之间的关系就是雇工和老板之间的关系。他们之间从来没有任何亲戚的概念，不论是虚假的还是别的什么。邦克·佩克特别不满他母亲在遗嘱里为阿尔奇留了一百美元。

在人烟稀少的农村，每个人都有某种怪癖或拿手好戏。蔡·森普善于开小卡车，人们需要好的鞣制皮革时，都去找他。莱特宁·威利经过不断的练习，似乎不用瞄准，就能从腰部准确地用手枪和卡宾枪射击。拜布尔·鲍勃拥有一只寻找黄金的鼻子,其根据是他在辛格尔比特峰的高坡上发现了金灿灿的东西。而阿尔奇·麦克拉弗蒂拥有的歌喉是人们听了一次以后永远也忘不掉的。那是一种强有力的直嗓子,吐字介乎喊叫和歌唱之间。忧伤而平白,没有任何修饰,它表达的是人们能感觉到但说不出来的事情。他平铺直叙而刻板地唱着:"白兰地就是白兰地,你怎么调制还是它;得克萨斯人就是得克萨斯人,你怎么安排还是他。"听众听到他用洪亮的声音滑稽地唱着"安排"时,都大笑起来,因为这两个字当然意味着阉割。当他简洁而略带嘶哑地唱起《古老的北方小路》时,人们会坐上半个小时听他用数不清的唱段来歌唱他们熟知的历史。他每首歌都会唱——《去吧,蓝色的狗》《当绿草破土的时候》《别把我的靴子脱下》,还有《两夸脱威士忌》,在全是男性的赶牛的夜晚,他有数不尽的唱段——《讨人厌的奶牛》《鹿皮衬衫》和《表哥哈里》。他追求罗斯时唱《决不要嫁给一无是处的小伙子》,小伙子指的是他自己,"一无是处"是他的免责声明。过了一会儿,他又眨眨眼睛,含沙射影地唱着:"小姑娘,为了安全起见,你最好是烙上一个烙印……"

阿尔奇听了一个曾为邦克·佩克干活的前农庄主的建议,用佩克太太给他的遗产买了八十英亩的私人土地。如果他们在公有的土地上申请比这大一倍的宅基地或者在沙漠地带申请比这大七倍的土地,都不用花什么钱，但是阿尔奇害怕政府会发现他尚未成年，而且也不想承担必须开垦并灌溉五年的重担。由于他从来没有期待佩克太太会给他什么，用这意外得来的遗产购买土地，就像是白得到的。而且这土地马上就是他们的，没有任何附加条件。阿尔奇拥有了土地，感到非常激动，对罗斯说，他必须到自己土地的界标旁去歌唱。他从西南角上开始，朝东走去。这是他认为必须办成的事。一开始罗斯陪着他走，甚至想同他一起唱，但是她喘不过气来了，因为走得那么快，同时还要唱歌。而且她也不知道他许多歌的歌词。阿尔奇继续走着。他花了好几个小时。到了下午接近傍晚的时候，他来到了西线，慢慢地走近了，他还在唱，只是嗓子已经嘶哑了："我们会去镇上，我们会买些衬衣……"等到他在暮色中没精打采地沿着山坡走最后一百英尺的时候，他的嗓子累得连罗斯都几乎听不清他的声音了。他只是气喘吁吁地在半哼半唱着："从来都是一文不名，我却一点也不在乎。"

一对年轻的夫妇居住在他们自己在美丽而偏僻的地方建成的房子里，是最幸福不过的事了。阿尔奇用锤子敲出了一张细腿的桌子和两条长凳。吃晚饭的时候，煤油灯的黄色光芒照在他们的脸上，在天花板上映出很大的阴影，他们的世界似乎很有秩序，直到飞蛾朝灯扑来，最后粘在灯罩上死去。

罗斯并不漂亮，但是很热心，喜欢张口大笑。她是在杰克拉比特驿车站上长大的，是大腹便便的森唐·米勒的女儿。她父亲本来是梦想驾驭骏马的，但是由于他有喝酒的习惯，只能赶货车。这个驿站位于连接贫困的牧场和罗林斯的南北小路上。罗林斯是联合太平洋铁路通车以后兴起的铁路小镇。罗斯的母亲头发已经灰白，患有某种慢性病，长期卧床不起，正缓慢地消耗着她的生命。她曾为罗斯的早婚哭泣，但是给了她一件传家宝，一把从大西洋对岸漂洋过海来的很大的银汤勺。

驿站站长是富有政治头脑的罗伯特·F.多尔甘，他和蔼可亲，下巴上有赘肉，渴望得到一份重要的职务。他不仅把这个驿站当成货车的短暂停靠地，也把它当成自己的临时停留处。他的第二任妻子弗洛拉，他女儿吉达的继母，每个冬天都要带着吉达去丹佛，因此就成了时尚和流行款式的权威。她们两人亲密得像亲生母女。在丹佛，多尔甘太太到处寻找能帮助她丈夫往上爬的重要人物。许多政客都在丹佛过冬，其中有一个叫鲁弗斯·克莱特的，同华盛顿有关系。他暗示说，多尔甘有机会被任命为地区勘察员。

"我想他肯定很了解勘察工作。"他说着，眨了眨眼睛。

"很了解。"她说，觉得多尔甘花上几美元就可以找一个年轻的勘察员去做这工作。

"我想想，我能干点什么。"克莱特说着，就使劲地捏了一下她的大腿，不过她要是生气的话，他随时可以后退。她给了他几秒钟，微笑了一下，转过身去。

"如果这个任命能通过，我会很感激你的。"

春天，她回到驿站，手上的戒指以及连衣裙上闪闪发光的镶边向外发射着金黄色的光环。她还到处散布流言蜚语，说阿尔奇·麦克拉弗蒂毁掉了罗斯。她大谈他们的早婚，说罗斯刚满十四岁，但她是一个醉鬼的女儿，一个在驿站里到处跑的无人管教的姑娘，能干出什么好事来，她老是同一些粗鲁的司机顶嘴，同一些牧牛的乡巴佬说下流的俏皮话，阿尔奇·麦克拉弗蒂就是其中一个唱着粗俗歌曲的下流坯。她将双手放在一起，轻轻地一甩，似乎要把上面的污物甩掉。

驿站上另一个居民是个老光棍——农村里光棍很多——哈普·达夫特，他是个发报电键的操作员。他的脸和脖子上全是疤痕、胎记、粉瘤、烫伤和痤疮。一条腿比另一条要短，他说起话来都是齆齆的鼻音。他的窗户就对着多尔甘的住宅，窗上有时会有一个黑色的圈儿，罗斯知道，那是望远镜。

罗斯既崇拜又看不起吉达·多尔甘。她热切地关注着那些漂亮连衣裙的每一个细节，那火蛋白石的胸针、缎子鞋和别致的帽子，尽管这一切同灰蒙蒙的驿站是多么不协调。但是她知道，这位娇美的小姐也得像每一个女人一样洗她的血淋淋的月经带,尽管她想把它们藏起来,只在晚上挂出来或者是放在枕头套里挂出来。在绸裙子下面,她也得忍受从旧床单上撕下来的吸水垫,那发硬的边缘摩擦着她的大腿,扯着阴毛。在每个月的这个时候,吉达虽然有香水的保护,却还是渗出动物的气息。罗斯把多尔甘太太看成一个两面派的强硬敌人,在公众场合很温柔,私下却很粗鲁。她曾看见那女人像赶牛人一样往地上吐痰,在她以为没人看见的时候在桌子角上搔裤裆。多尔甘太太自以为是个高人一等的人物,从不搭理米勒夫妇或者那个敲着电键,或者如他所说,正在寻找星座的卑贱的光棍。

每天早晨,罗斯在那小屋里编着她棕色的直发,洒上一些结婚那天阿尔奇送给她的蓝色瓶子中的丁香水,照着吉达盘头发的样子,将头发像王冠似的盘在头上。夜里,她把头发松开,散发出香味。她不想成为一个家庭妇女的样子,腋窝臭烘烘的,油腻的头发随意地盘成圆发髻。阿尔奇长着一头赤褐色的鬈发,她希望他们的孩子也会有那些鬈发和他那漂亮的红彤彤的脸蛋。她用多年前某位乘驿站马车的女士掉在站里泥地上的一把绣花时用的剪子,为他修理头发,那把剪子的把手是银的,形状是弯着脖子的鹤。但是,要保持清洁,却不容易。譬如说,吉达·多尔甘在站里,没有多少事儿干,只要打扮、洗漱,在衣裙上镶个边什么的。但是，罗斯在她的小屋里得提很重的水壶、劈柴、烤面包、刮锅子、将全是石头的土地翻成花园，阿尔奇不在的时候，还要运水。他们很幸运，第一个冬天，那条河没有上冻。她每天洗身子、洗碗碟和擦地板要用从小威德河中提取的四桶水，每次提水都会打扰那些鸭子，它们都喜欢在附近的逆流中商谈事情。罗斯也尽量让阿尔奇保持清洁。他成天为佩克赶牛，或者在沙漠中赶野马，回来时满脸胡子拉碴的，脖子上全是蚊子咬的包，手上全是污垢，指甲断裂了，双脚臭烘烘的。她把他的靴子脱掉，在搪瓷的洗碗盆里给他洗脚，用一条干净的饲料袋做的手巾，将它们拍干。

"如果你穿双袜子，就不会这么糟了。"她说，"如果我能找到一些织毛衣的针和纱线，我就能织袜子了。"

"佩克太太就织过。只有一次。穿了大约一个小时就破了。没有什么用，而且它们老是在靴子里滑来滑去的。让袜子见鬼去吧。"

晚饭是鹿肉土豆泥或者是一盘油煎的她自己打死的艾草榛鸡，加上玫瑰果酱和新鲜的面包，但是没有豆荚，阿尔奇说，豆荚过去是，现在还是佩克家的主食。邻居汤姆·阿克勒偶尔会骑马过来吃晚饭，有时还让他的黄猫金粉坐在他身后的马背上，带它一起过来。汤姆聊天的时候，金粉就开始从木头堆里往外扒黄鼠狼。罗斯很喜欢那个黑眼睛的光头探矿者，就问他，他左耳朵上的金耳环是怎么回事。

"过去我满世界航行，姑娘。那是我到一个港口穿的一只耳朵，那耳环告诉人们，让他们知道，我曾到东方合恩角转过一圈。如果你去过东方，你一定先去过西方。全世界都去过。"他肚子里有许多故事，关于暴风雨的、猛烈的威利瓦飑、强劲的南风、海上的龙卷风、像鳟鱼那样跳跃的鲸鱼、冰山、赤道无风带、缠人的海藻、在遥远港口的动乱。

"你怎么会抛弃你的水手生活呢？"罗斯问。

"没有办法发财致富，姑娘。尝试过颠簸的甲板以后，这家伙想要一个舒适的港湾。"

阿尔奇问起海上的歌曲，下一次来访时，阿克勒就带来了他的六角手风琴，接下来的几个小时里，小屋中就充满了海上的劳动号子和水手的歌。阿尔奇往往要求重复某一支曲子，经常听了一遍就能加进去一起唱。

> 人们说，老头儿，你的马要死了。
> 他们是这么说的，也是这么希望的。
> 啊，可怜的老头儿，你的马要死了。
> 啊，可怜的老头儿。

当阿尔奇喊道"把你的屁股像北美夜鹰那样撅起来"时,罗斯是个善解风情的女人,还善于将他偶尔的愁闷心情转为高兴的大笑。她似乎不知道她生活在一个爱情会杀死女人的时代。在一个夏天的傍晚,他们把床铺在这间才建了一半的小屋里的刨花和碎木之间,开始接吻,罗斯一阵激动,在吻、舔、使劲掐他的脖子、肩膀、胳臂和躯体之间有麝香味的裂缝处、乳头时开始咬起人来了,直到她感到他在发抖,于是往上一看,发现他双眼紧闭,睫毛上全是泪水,脸蛋扭曲成一副怪相。

"啊,阿尔奇,我没想弄疼你,阿尔奇……"

"你没有弄疼我。"他呻吟道,"问题是,我从来没有被人爱过。我简直无法承受……"于是他开始抽泣,"感觉就像被人打了一枪。"说着,就把她拥入怀中,半俯在她身上,以至于那咸咸的眼泪和他的口水弄湿了她绣花的束腰上衣,他称她为他可爱的小鸟。此时此刻,她真愿意为他上刀山赴火海。

阿尔奇不在家的日子里,罗斯会在花园里锄地,或者拿上他的旧针发枪去打艾草榛鸡。她打死过一只追逐她那三只生蛋母鸡的老鹰,把毛拔了,洗洗干净,扔进汤锅,加上一把野葱和一些胡椒。另一天,她采了两夸脱草莓,手指染成了深红色,怎么也洗不掉。

"看上去好像是你亲手杀死了一只灰熊,并剥了它的皮。"他说,"熊可能会来吃草莓的,所以你不要再去采了。"

第二年冬天到了,邦克·佩克解雇了所有的工人,包括阿尔奇。牧牛工到处转悠,从一个牧场到另一个牧场,打着零工,才能在工棚里有个地方住,有三顿饭吃。在小威德河边,阿尔奇和罗斯也准备过冬了。在十一月份,天气开始转冷的时候,阿尔奇等到天上下起猎手能循迹追踪猎物的厚雪的时候,打死了两只驼鹿和两只鹿,拿了一部分肉给汤姆·阿克勒,请他帮了个忙,因为一个人要把一只大驼鹿打包装箱,要花上几天的时间,而那些熊、狮子、狼、丛林狼、渡鸦、老鹰会尽它们的一切可能来吞噬那没处理好的驼鹿尸体。阿尔奇把准备种土耳其红小麦的一英亩杂草丛生的土地给清理好了。熏肉室里堆满了肉。他们有一桶面粉以及足够供应整个芝加哥城的发酵粉和糖。有几个早晨,风将雪吹成一层薄膜,给丛岭铺上一层白色,将黎明的天空变成了蛋白色。有一次,还没升到地平线上的太阳将强烈的红色光线射向巴雷尔山脉上空的云彩底部,这时,阿尔奇一抬头,看见罗斯站在门口,在那绚丽的光芒中散发出神奇的色彩。

到了春天他们两人都吃腻了驼鹿和鹿肉,厌倦了在小屋里扑向对方的怀抱。罗斯怀孕了。她似乎失去了活力,她的好心情似乎也随之而消失了。阿尔奇为她从河边提水,并发誓要在这一年的夏天挖一口井。小屋里很热,四月的太阳就像一扇打开着的炉门。

"你最好还是去找一下懂得挖井的人。"罗斯烦躁地说,啪的一声将饭碗朝桌子上一扔,因为桌上永远只有炖驼鹿,就是用肉、水、盐放在一起,煮到嚼得动为止,然后,就是天天加热一下,"你还记得汤先生的井塌了,他自己就压死在里面的事吗?"

"井他妈的会塌,我可不会压在里面的。"他说,"我想的不是要挖一口深井,而是把熏肉室东面那块冒小泉水的地方清理出来。它可能成为很好的泉水。我要造一间泉上小屋,放上几个架子,可能还弄一头奶牛。能产黄油和奶油的奶牛。见鬼,我今天就去把那泉水挖出来。"他个子不高,但是肌肉发达,劳动让他的肩膀加宽了,胸部厚实了。他开始唱"如果我得挖泉水,我就得拿上我的铁锹",最后以汤姆的"嘿哟嗬"结尾。但是他滑稽的歌声并没有消除她的恼怒。年长一些的妇女看得出,尽管他们比孩子大不了多少,但他们已经走出了黏在一起谈情说爱的日子,进入了漫长的婚姻生活。

"奶牛很贵的,特别是能产黄油和奶油的奶牛。我们连买装黄油的碟子的钱都没有。我还需要一台搅奶器。既然我们在做梦,也可以梦想一头猪,撇去油脂,秋天就有猪肉吃了。不想吃鹿肉了。你不该把钱全花在买这块土地上的。留出一些该多好。"

"我还是觉得该这么做,不过我们确实也需要一些钱。我打算过几天就去找邦克谈谈,看看他能不能再雇我。"他套上那条挖沟时穿的肮脏的裤子,上面还沾着在私人壕沟里干三天活儿时溅上的泥土,"别给我准备饭了。我要挖到中午,回来喝咖啡。我们还有咖啡吗?"

邦克·佩克幸灾乐祸地说,没有他可干的活儿。其他牧场上也没有任何活儿。去年秋天蒙大拿围赶牲口时留下的八个或者十个得克萨斯州的牧牛工待在这里,把所有的活儿都给干了。

他试图把这件事当成一个玩笑,告诉罗斯,可是从他牙缝里吐出的话表明,这一点儿也不滑稽。过了几分钟,她用低沉的声音说:"在驿站上人们总说,在比尤特,一个月可以挣一百。"

"麦克拉弗蒂太太,我不去矿上干活。你嫁的是一个牧牛工。"于是他唱起了,"我只是个孤独的牛仔,却爱上了一个名叫罗斯的姑娘,我不在乎我的帽子是否湿了,我的脚趾是否冻坏,但是我不会去铜矿干活,所以请你记住了。"他从炉子上的煎锅中拿了一块萝卜,吃了,"我会沿着去夏延的路看看能找到什么活儿。那里有一些大牧场,他们很可能需要帮手。在去的路上,我会在汤姆那里停一下,拜托他来照看你。"

第二天,他就出去流浪了。罗斯想,我们需要钱,不是吗?

尽管四月的阳光很烈，汤姆·阿克勒小屋的屋杆下和四周朝北的洼地里还有很深的积雪。这地方有种被遗弃的感觉，不像是汤姆当天才外出的样子。他的猫金粉咕噜咕噜地跑到台阶上，但阿尔奇想去拍拍它的时候，它却抓破了他的手，耷拉着耳朵跑到松树林里去了。阿尔奇在小屋里找到了一截铅笔头，就在一张旧报纸的边上写了几个字，把它放在桌子上了。

汤姆，我去夏延附近找工作。
不时去看看罗斯，好吗？

阿尔奇·麦克拉弗蒂

夏延有一条街上全是威士忌酒厂和赌场，当中有一家酒吧。在那里，阿尔奇听说，在拉海德小河边上有个牧场主正在找春天围牛的工人。在旋转门中透出的光束中，威士忌酒瓶在闪闪发光：凯洛格的陈年波旁威士忌、松鼠牌的、麦克布赖恩牌的、G.G.布兹牌的、白日梦牌的，还有几瓶尖角的杜松子酒。阿尔奇为这个人买了一杯酒。为他提供信息的人留着大胡子，面带微笑，露着一嘴坏牙。他把酒放在吧台上，用拇指和食指在酒杯边上抹了一下，让人再倒了一英寸，把酒杯斟满了。他说，问题是，尽管卡罗克付的工资不错，也不大会在秋天裁人，但是他不肯雇用结了婚的人，说这些人老要回家去看老婆和孩子，而此时，卡罗克的牛会掉入泥洞，被美洲狮吃掉，被偷牛贼偷走，漂到沟里并患上成百种无人照看的牛群会得的其他疾病。那个调酒师，似听非听地从放在收银机附近的一只小瓶子里喝了一口惠特利的西班牙止痛药。

"胃病。"他打了个嗝，自言自语道。

大胡子把快要满出来的松鼠牌威士忌往后推了一下，继续说："他是一个从遥远东部来的外地人，对他来说，奶牛最重要。他一来到这里，就懂得奶牛就是一切。在这里，蛆都很少。鸡汤里都没有鸡。"

"是啊，在辣根制成的调味品中没有马①。"阿尔奇说，他早就听说过工棚里常说的所有无聊的笑话。

"哈，他惹怒了一些人。大多数人都不干了。我也是。有一次一个警务人员到那里去，手里握着一把枪，我看得出，他很想打一架。我觉得，我离开那里是件大好事。但是有些人喜欢卡罗克的作风。也许你就是其中之一。为他干活的人在夜间围捕方面能得到很多实践经验。瞧，他的牛群像狗娘养的那样在扩大，你懂得我的意思吧？不过，

---

① 辣根（horseradish）是一种植物，名字中有"horse"（马）这个字。文中人物以此开了个玩笑。

我要给你一点建议：有朝一日，那里会有麻烦的。这就是为什么那个警务人员老在周围转悠。"

阿尔奇骑马穿过像一张旧报纸那样的又黄又平的田野，去见卡罗克。大门上有一张很大的告示：**不收已婚人士**。当那个严厉的牧场主问他的时候，阿尔奇撒谎说自己是单身，还说，他必须去拿他的衣物，六天就回来。

"五天。"那个头目说着，怀疑地看着他，"其他人找工作时，都是带着他们的行装的。他们都不需要回家去取。"

阿尔奇编了个故事，说他去夏延了，直到原来工作地方的一个人来说他们所有的人都得当流浪汉了，才知道自己被解雇了。阿尔奇说，所以他一听说这里可能有活儿干，就直接来找卡罗克了。

"是吗？那就去吧。围牛两天前就开始了。"

回到小威德河的罗斯那里，他大致讲了一些情况，说，她不能给他写信或者托人传递口信，要等他把情况弄清楚以后再说，说他必须很快回到卡罗克那里，而且要去好几个月，她最好把她母亲从驿站请来，住下来，帮她照顾九月底要出生的婴儿。

"走那么远的路，她受不了的。你知道她病得多重。孩子出生时，你不能回来吗？"他出去才几天，似乎就变了。她碰了碰他，紧挨着他坐着,期待着那熟悉的合而为一的感觉将他们紧密地联在一起。

"如果我得空,我会来的。不过这个工作的确很好,钱很多,每个月五十五块,几乎是邦克付的两倍,我会把每一分钱都攒下来的。如果你妈不能来,你最好是去那里,周围能有些女人。也许我可以让汤姆送你过去,譬如在七月或者八月?或许更早一些?"他显得烦躁不安,似乎他想立马就走,"汤姆来过吗?我上次路过那里时,他的家是锁着的。我会顺路再去一次的。"

罗斯说,如果她必须去驿站的话,九月初就够早的了。她其实不想去那里,因为到了那里,她就得服侍她多病的母亲,应付她的醉鬼父亲,看电报员的那张像腐蚀了的悬崖一样的脸,承受多尔甘太太对"某些人"的傲慢的评论,这些话表面上是对吉达说的,实际上是说给罗斯听的。她不想在吉达的漂亮连衣裙和苗条的身材旁边显得粗俗而臃肿,没有丈夫,好像是被遗弃了一样。她们早就预言,她丈夫会匆匆离去。九月离现在还有五个月,到时候她再操心好了。两人计算着,为卡罗克干活,一年的工资加起来有多少。

"如果你全存起来,会有六百五十美元。那我们就变成富人了,不是吗?"她忧伤地问,阿尔奇故意不去理会她说话的口气。

他起劲地说着:"这还没算上我可能得到的巨额奖金呢。可能再来一百。够我们开始创业的。我是在想马,养马。人们总是需要马的。

过一年,我就离开那家伙的牧场,回到这里来。"

"我怎么才能把消息告诉你……关于小孩的?"

"我现在还不知道。不过我会想办法的。你知道吗?我觉得我得梳梳头。你想给我梳头吗?"

"是的。"她说,而且就在他以为她会哭的时候大笑了一声。但是此时她第一次意识到,他们不是一个人的黏在一起的两半,而是两个分开的人,而且因为他是个男人,他想什么时候走都可以,因为她是个女人,她就不行。小屋中弥漫着离弃和背叛的气息。

阿尔奇和辛克

男人要是从婴儿时期起就同马一起长大,能够一眼就看出那些显著差异,但是对于理解马的习性,有些人天生比其他人更敏锐。辛克·加特勒尔就是那些人中间的一个。他与蒙大拿的驯马师沃利·芬奇正好相反,用一根神出鬼没的秘密绳子就能降服他在调教的一般人无法骑上去的野马。辛克散发出一种很有本事的气场。在围牛期间,那个靠英国汇款生活的讲究的莫顿·弗雷温有一次曾经看到他制服一匹极度紧张的观云马,评论说,骑手拥有一双"神手"。这个形容词让那帮牛仔狂笑了一阵,有好几天都模仿弗雷温的齉鼻子的声音。不过,取笑就像水流过河边的岩石一样，从辛克·加特勒尔身上溜过。

辛克觉得，新来的小伙子，如果不再卖弄，是可以成为驯马好手的。参加围牛的第二天或第三天早晨，阿尔奇醒得很早，当时，厨子赫尔正在烧火。阿尔奇坐在被窝里，就喊起了起床号子，还加上了类似响尾蛇发出的真假声变换的装饰音，将老赫尔着实吓了一跳，把咖啡壶都掉在火里了，还招来了睡在各个被窝里的人们的咒骂。那烧焦的咖啡的难闻气味让大家整天都心情不好。工头阿朗索·拉戈此前几乎没注意到他，这时，却死盯了这个鬈发的新手一眼，是他弄出了这么多噪音。辛克看到了他的目光。

过后，辛克把小伙子叫到旁边，对他嘘了一声，告诉他一些事情，对他说，如果他同意钻到老朗的被窝里去，会被欺负得很惨，还说，那个粗糙的老工头同一些新来的年轻雇工进行不戴安全套的肛交，是出了名的。阿尔奇在佩克的工棚里见过这一切，朝他看了一眼，似乎怀疑辛克也有同样卑鄙的念头，说他会照顾好自己的，如果任何人想在他身上捞点什么，他会严阵以待的。他走开了。半夜以后，辛克巡夜回来，走过工头的被窝，油布下只有一个脑袋伸在外面；那小伙子在离得很远的鼠尾草丛中，同郊狼在一起。辛克想，下次朗感到十分烦躁不安，开始滔滔不绝地念那首关于在达科他的意大利乐曲的该死的诗时，他还会盯着他的，因为这个老色鬼绝对是个坏蛋。

80

对于阿尔奇来说，这工作就是牧场工人通常的命运：很累、很脏、时间很长，还很无聊。除了鞴马、骑马、套牛、骟牛、卸马、吃饭、睡觉，一再重复之外，没有时间干其他任何事。在晴朗而干燥的夜晚，郊狼的叫声似乎是从一些单独地点直传过来的，那些嚎叫声就像绷紧的铁丝来回交叉着。当乌云飘过来时，那嚎叫声就以不同的几何形传播，相互重叠，就像一小把石子扔进水面时出现的同心圆。但是，最常见的是，平地上刮起的风将这些叫声变成郊狼遗骸分裂成的声音粒子。他渴望回到自己可爱的家，去为他的牧马场打篱笆，幸福地同罗斯待在一起。他想到即将出生的孩子，想象着一个半大的男孩帮他在沙漠里设下捉野马的陷阱，抓北美平原的野马。他想象不出一个婴儿的样子。

到了夏天快结束的时候，辛克发现，阿尔奇能稳稳地坐在马鞍上，很安静，脾气也很好，对马很友好。这孩子是马喜欢的类型，安静而又执着。再也听不到起床号子了。只有在晚饭后别人开始歌唱时，他才唱。大家都喜欢他的声音，但是从来没有人提起它。他经常望着远方，独自待着，但是在地平线的那边，人人都有些重要的事。尽管他同马的关系很好，但是一匹被沃利·芬奇毁掉了的无法驯服的油滑野马还是把他摔下了马背，他本能地伸出了一只手来保护自己，结果腕关节骨折，胳膊上绑了几个星期的吊带，靠一只手骑马或做其他任何事。

工头阿朗索·拉戈将沃利·芬奇开除了，让他步行去蒙大拿了。他还拒绝为那些毁掉的马付钱，哪怕它们是野马群中的北美平原马。

"小伙子，摔下来时有个办法可以让自己不受伤。"辛克说，"瞧，把两只胳膊抱在胸前，一只肩膀耸高一些，把头低下。摔下去时稍微转一下身子，让肩膀着地，这样你可以就地滚一下，然后站起来了。"他不知道自己为什么要告诉阿尔奇这个办法，发牢骚地说，"见鬼，你自己去琢磨吧。"

罗斯与郊狼

七月的天气十分炎热，简直是热浪滚滚，干枯的土地就像剥落的羊蹄。阳光让一切都褪色了，那条小威德河的溪水在晦暗的石头间流淌着。再过一个月，连这点溪水也会被河里火热的岩石吸干。青草被烤枯了，牧师们在祈求上苍下雨。罗斯无法在小屋里睡觉，因为那里热得像在黑色的帽子盒里一样。有一次，她把枕头拿到那块大石头台阶上，就躺在那凉飕飕的石头上，最后是蚊子将她赶回了屋里。

有一天早晨，她醒来的时候感到很累，浑身是汗，就走到小威德河畔想要取一些在夜里变得清凉的河水。南方有一朵乌云，她很高兴地听到了远处隆隆的雷声。她赶快拿出那只大茶壶和两只桶来准备接雨水。风先吹来了，拍打着树枝和凌乱的树叶。草给吹弯了。闪电在巴雷尔山顶上飞舞，然后，一阵冰雹席卷大地，挟着震颤而咆哮的气势横扫过来。她跑进屋去，看着那冰珠鞭打着河里的岩石，慢慢地变成乱弹的雨珠。那些石头消失在上升河水的泡沫中。雨很快就停了，就像它开始时一样迅速，落下了最后几颗冰雹，在移动的云彩衬托下的那道拱形的双彩虹，是个好兆头。她的桶里装满了干净的水和流动的冰雹。她脱光了衣服，将一勺勺冷得能起鸡皮疙瘩的水一次又一次地从头上浇下去，直到一只桶的水快浇空了，她自己也冷得发抖才停止。空气凉爽而清新，像是在九月一样，热浪暂停了。午夜前后雨又下起来了，缓慢而持续。她似醒非醒地，能听到雨水滴在那石头台阶上。

第二天早晨，天气很冷，还下着冻雨。她的背很疼；她真希望夏天的炎热能够回来。她一走路就晕眩，看来也不值得去煮咖啡了。她喝了点水，凝视着冰柱沿着窗玻璃滑下。到了十点多，背疼加剧了，形成了一种缓慢的节奏。她渐渐地意识到，婴儿等不到九月了。到了下午，背疼成了绕在身上的恶魔，她什么也干不了，只能喘息和抽泣，那持续的雨滴声掩盖了她呻吟的求救声。她挣扎着脱下了她的厚连衣裙，穿上了她最旧的那件睡衣。疼痛加剧，变成一阵阵痛苦的痉挛，让她喘不过气来，一阵又一阵，白天变成了夜晚，风将雨吹跑了，黑暗的、令人窒息的时刻怎么也过不完。另一个黎明来到了，由于热浪的回归而显得又湿又热,但是她稚嫩的盆腔还是无法将孩子生下来。第四天的下午,她因为呼喊阿尔奇、她母亲、汤姆·阿克勒、汤姆·阿克勒的猫,由于大声诅咒他们所有的人、诅咒上帝、所有的神,然后是诅咒河里的鸭子以及黄鼠狼和任何有听觉的东西,把嗓子喊得出不了声了。这时,那恶魔放松了魔掌,从那血淋淋的床上溜走了,让她陷入青紫色的迷雾中。

当时似乎已近傍晚。她紧贴在床上,略微一动,就感到喷出一股热流,她知道,那是血。她用肘部将自己撑起来,看见了那个浑身是血的小孩,身体僵硬,皮肤呈灰色,还有那根粗麻绳似的脐带和胞衣。她没有哭,心中充满着一种本能的愤怒。她不去看那具小尸体。尽管她身上一直在流血,但她还是跪在地板上,用发硬的床单将婴儿裹了起来。那是很大的一团。她觉得,损失那条床单是另一桩悲剧。她想站起来时,鲜血直喷,但是她一心想要埋葬这孩子,结束这一可怕的事件。她爬到柜子旁,拿了一条洗碗的毛巾,重新将他包成一个小一点的包裹。她的手碰到了那把银勺,她母亲给她的结婚礼物,她把勺塞进她睡衣衬裙的领口,那凉飕飕的金属似乎能给她一些安慰。

她嘴里咬着洗碗毛巾的结,爬到门外,朝河旁边的沙地爬去,到了那里,她还是趴在地上,身上还流着血,用那把银勺挖了一个浅坑,把孩子放了进去,上面堆上沙子和手够得到的任何河石。她花了一个多小时才沿着她的血迹回到了小屋,等她到达门口时,暮色已经很深了。

那条血迹斑斑的床单揉成一团,躺在地板上,光秃秃的床垫上有一块黑色的污渍,就像南美洲的地图。她躺在地板上,因为床离得太远了,就像鸟儿才能飞得到的悬崖。一切似乎都在膨胀和缩小,床脚在扭动,一块潮湿的抹布在洗碗盆上渐渐消失,墙壁本身也朝前凸出,椅子在可恶地飞翔——一切都随着她喷血的节奏在跳动。巴雷尔山带来了黑暗,将它巨大的体积压在窗上,猫头鹰哗啦啦地飞过,翅膀仿佛铁棍。她在最后一刻意识模糊的伤感中,听到了外面的郊狼,她知道它们在干什么。

随着九月的夜晚渐渐地凉爽起来,阿尔奇变得很紧张,一有可能就去城里,去邮局,但是没人看见他拿着信件或包裹出来。阿朗索·拉戈派辛克和阿尔奇去找一下远处的猎物,表面上是说,找任何一次围牛中都无法抓住的那些极其狡猾而叛逆的老牛以及少数未烙印的小牛。

"什么事情让你这么心烦?"他们骑马出去时,辛克说,但是小伙子摇了摇头。过了半个小时,他张了下嘴,似乎要说些什么,又把脸从辛克处扭开,略耸了下肩。

"你有什么想说的?"辛克说,"看在上帝的分儿上说出来吧。我把头往后转,怎么样?你不知道我们是要去涂掉烙印?去干这一切可怕的事,对吗?"

阿尔奇朝四周张望了一下。

"我结婚了,"他说,"她要生孩子了。很快。"

"啊,太惊讶了。你多大了?"

"十七岁。已经能做该做的事儿了。再说,你多大了?"

"三十二。都可以当你爸了。"有半个小时两人都没作声,然后,辛克又开口了,"你知道,老卡罗克是不留结过婚的人的。他发现了,会解雇你的。"

"他不会从我这里发现什么的。我在这里赚的钱要比在小威德河赚得多。不过,我得想个办法让罗斯能联系上我,告诉我事情怎么样了。"

"嗯,我可不是奶妈。"

"我知道。"

"你要知道,"他想,该死的傻小子,他自己的日子已经够难过的了,接着大声地说,"我永远也不会被一个害人的女人套牢的。"

下一个星期,半数的工人都进城了,阿尔奇坐在邮局外面的长凳上,在一张包装纸上写了半个小时,想把这封苦恼的信寄到驿站,到罗斯那里,他相信,罗斯一定在那里。他写道,孩子怎么样了?他出生了吗?但是,在邮局里,那个手指甲长得像黄色凿子一样的外斜视的职员告诉他,邮资涨价了。

"一百年里第一次涨价。现在寄一封信要花两分钱。"他得意地笑道。阿尔奇只有一分钱,他就把信撕了,把纸片扔到街上。风将它们吹到草原,那里的寒气表明冬天会很冷。

十一月,罗斯的父母米勒夫妇搬到奥马哈去了,要为健康状况每况愈下的米勒太太寻找治疗方法。

"你觉得你能清醒地骑马去告诉罗斯和阿尔奇,我们要离开了吗?"那个生病的妇女轻声对森唐说。

"我一找到另一只靴子,马上就去。你别操心了,我穿上了。"

他喝了一整瓶威士忌,才骑马来到渡口。他醉得迷迷糊糊,骑着马来到了河边的小屋,但是发现那里寂静无声,房门紧闭着。他摇摇晃晃地,感到大地在周围打转,他喊了三四声,但是无法下马。他清楚地知道,如果他下了马,那就再也上不去了。

"走!回家!"他对老斯罗普说,那匹马就转身走了。

"他们不在那里,"他向妻子报告,"不在那里。"

"他们能去哪里呢?你有没有在桌子上留一张字条?"

"我没想到。不管怎么说，他们不在那里。"

"我到了奥马哈给她写信。"她轻声说。

他们走了一个星期，一个运货的替工巴克·罗伊就来了，还有他那极胖的妻子和一帮孩子。米勒夫妇被人遗忘了，他们甚至未能葬在驿站。

卡罗克的牛不会蠢到迷路，所以牧场主们说，他的牛会在远处出现真是件怪事。十二月的天气很糟，一场风暴接着一场风暴，就像赌博时扔出的一把纷纷弹起的圆形筹码，而一月冷得能冻死飞行中的小鸟。阿朗索·拉戈派阿尔奇一个人去某个冲积地带，尽可能地找回所有的迷路的牛。在六月，那里全是泥潭，但是现在那里有成百个深洞和被雪覆盖得很平整的一些蜿蜒的小溪。

"要当心温克罗斯的任何一个打烙印的人。最好带上几根棍子和一个肚带环。"这下子，阿尔奇知道了，他要去找温克罗斯的奶牛，把它们的烙印改掉。但是温克罗斯有自己的一些小方法可以改烙印，所以他猜想，这多多少少是桩平等的交易。

那匹马不愿走进迷宫似的泥潭中。那是风暴间隙的一个风和日丽的日子，雪很软。阿尔奇下了马，牵着马，沿着沼泽的边上，在潮湿的雪地里走了几个小时。这一次长途跋涉弄得他满头是汗。只有两头牛让他赶到空地上来了,其他的牛都远远地散落在沼泽地那片后边躲着郊狼的丛林中。在这到处是没有完全冰冻的溪水坑和踩踏过的树枝的阴暗世界里,独自一人是无法打烙印的。他看着那些牛朝边远地带靠拢。风吹过来,带来了冷空气。天气在发生变化。当他在天黑后四个小时走到工棚的时候,温度计已经降到了零度。他的靴子冻住了,人都冻僵了。他没有吃任何东西,除了靴子,什么衣服也没脱,就睡着了。

"回去把牛拉来。"两小时以后,阿朗索·拉戈弯腰对着他的脸嘶声说,"起来,去干事。马上!卡罗克先生要牛。"

"在这糟糕透顶的牧场上,夜晚也他妈的太短了。"阿尔奇一边穿着靴子,一边嘟哝着。

回到沼泽地,天才蒙蒙亮,就像给寒冷的世界蒙上了一层灰色。空气静止不动,阿尔奇都能看到柳树枝上一只金翅鸟嘴中呼出的小小一团雾气。雪地表面上很硬,底下却是泥沼。他那匹没有经验的马叫波科,它不熟悉沼泽地。波科跌跌撞撞地走着,绊倒在一个看不见的灰岩坑里,把阿尔奇也摔得很重。雪掉进了他的脖子、袖子、靴子,也塞进了他的眼睛、耳朵、鼻子,弄得他头发里全是雪。波科在站起来时,把他的帽子深深地踩进了泥塘。雪接触到他的体温,融化了,当他重新爬到马鞍上时,随着苍白的阳光吹来的风将他的衣服冻住了。

他想尽了办法将八头温克罗斯走失的牛从沼泽地里拖了出来，回到高地上，但是他的火柴划不出火来。在他费劲地生火的时候，那些牛又跑散了。他几乎都动不了了，等他回到工棚时，他都给冻在马鞍上了。两个人用了撬杆才把他从马上撬下来。他听到衣服撕裂的声音。

辛克想，这小伙子还真勇敢，于是一边嘟囔着自己不是奶妈，一边给他脱下冰靴子，解开外衣和衬衣的纽扣，半拖半拉地让他跌跌撞撞地上了床，从炉子底下拿来了两块火热的石头，给他取暖。一个得克萨斯的流浪汉约翰·坦克说，他有一件多余的外衣可以给阿尔奇穿——这是一件旧的、打了补丁的衣服，但是还可以穿。

"去他的，总比在一月份光着屁股骑马要好。"

但是，第二天早上，阿尔奇想起床时，头晕得不行。他浑身热得发烫，双颊烧得红彤彤的，双手火辣辣的，而且不断地干咳。他头疼，工棚在来回摇晃，就像在摇篮里一样。他站不起来，呼吸的声音就像是铁匠在拉风箱。

辛克看了他一眼，心想，肺炎。"你看起来很糟。我去看看卡罗克怎么说。"

过了半小时他回来时，阿尔奇已经烧得火烫了。

"卡罗克说，要带你离开这里。但是这坏蛋不让我用车。他说，他的腿得了癌，他自己需要这车，好请贸易站的大夫去把它割掉。朗在修一辆马拉的无轮滑橇。他妈有一些印第安人的亲戚，所以他知道怎么修。有时，他并不很坏。我们把你送到夏延去，你可以坐火车去你妈、你亲人所在的地方。卡罗克说，去罗林斯，什么地方都行。他还说，你被解雇了。我不得不告诉他，你是结了婚的，他才肯放了你。他本来一心想让你死在工棚里。我们会找一个大夫把病医好。这不过是肺炎。我得过两次呢。"

阿尔奇想说，他母亲早死了，他必须去小威德河找罗斯，他想说，他们的小屋离罗林斯有六十来英里，但是他一个字也说不出来，因为他一直在窒息地、气喘吁吁地咳嗽。辛克摇了摇头，从厨师那里拿了些饼干和腊肉。

工头阿朗索已经将两根长杆子修好，把一张牛皮捆在上面做成一张吊床。辛克把粗麻布裹在一匹名叫普里彻的马的腿上，以免被杆子的硬壳磨破，将无轮滑橇的杆子捆在马鞍上，要让它两边平衡是件棘手的事儿。杆子的顶端杵在马的耳朵旁，不过工头说，这是为了减少在地上拖动那端的磨损。他们把阿尔奇和他的铺盖裹在一件水牛袍子里，辛克就开始把他往朝南一百英里的夏延拉。要是有一辆货车，那是件很容易的事。辛克觉得，无轮滑橇不像印第安人所说的那样是桩好的发明。夜里风小了一些，但又吹了起来，在高空中推动着云堆。过了四个小时，他们才走了九英里路。下起了雪，而且越来越大，最后他们只能盲目地前进。

"小伙子，我什么也看不见。"辛克喊道。他停了下来，下了马，朝阿尔奇走去。早些时候的雪，一碰到那红彤彤的发烧的脸就融化了，但是渐渐地，雪在火烫的皮肤上形成了一层不到一英寸的冰罩，闪着灰色的光芒。辛克觉得，那冰罩可能真的会变成他的脸。

"还是躲一下吧。这儿附近有一个路边小屋，只要找到它就行。两三年之前，我在那里住了整整一个夏天。就在离丘陵顶峰不远的地方。"

那年夏天，这匹马，普里彻，也是在那路边的营地里度过的，所以它现在就径直往那里走去。小屋处在丘陵的背风处，在顶峰下面一点。那风将大量的雪堆在小屋上，但是辛克找到了披屋入口处的门，那里可以拴马。在那唯一的马厩边上靠着一把破柄的铲子。小屋里面，有一张桌子和一把没有靠背的椅子，一张约二十英寸宽的木板床。炉子里堆满了雪，火炉的烟筒躺在地板上。辛克认出了桌子上那只搪瓷剥落的盘子和茶杯。

他挣扎着将阿尔奇搬到屋里，把他和那件水牛皮袍子放到木板床上，然后将火炉烟筒装起来，将它穿过屋顶上的那个洞。他在屋内和入口处都没有看到任何木柴，但是他记得当时那柴堆是在什么地方，所以用那把破铲子挖出了足够的被雪粘在一起的木柴，将火生着了。

当木柴在火炉里冒烟并发出刺刺的声音时,他把马鞍从普里彻的身上卸了下来,从它的腿上取下了黄麻袋,为马做了一下按摩。他检查了一下披屋的破马厩,希望能找到一些干草,但是那里什么也没有。

"该死。"他说着,将马厩里的地板拆了一些下来,放在炉子里面烧。他又回到屋外,用那把破铲子去挖雪,直到他碰到了地面,然后拿出他的小刀,割那些晒干的青草,割了很多。

"我只能干这么多了,普里彻。"他说着,把草给马扔去。

小木屋内差不多暖和了。辛克从他的鞍囊中取出一小把他总是带在身边的咖啡豆。那台磨咖啡豆的机器还在墙上,但是一只老鼠在里面做了个窝,他怎么也打不开这机器,将它清洗干净。他不愿意喝煮沸的老鼠屎,就用小刀的刀面将豆压碎。他到处找属于这小屋的咖啡壶,但是没看到。床旁边有一个五加仑的煤油罐。他闻了闻,没发现令人厌恶的气味,就在里面装满了雪,放到炉子上去融化。正在他从煤油罐的边上刮雪的时候,碰到了咖啡壶。不知为什么,那壶被人扔到前院去了。他在咖啡壶里也装满了雪。他觉得,最近在这小木屋住过的人一定很不开心,所以用扔掉咖啡壶和烧完所有的柴火来表示对卡罗克的仇恨。他也许是温克罗斯的一名骑手。

咖啡又热又黑,但是当他把杯子递给阿尔奇时,那小伙子喝了一口,就咳嗽起来,最后把它吐了。辛克自己把剩下的咖啡喝了,还吃了一块饼干。

那是很糟糕的一夜。那张床太窄,小伙子身上很烫,老是辗转反侧,弄得辛克一会儿睡一会儿醒的,最后他只好起床,把头靠在桌子上,坐在椅子上睡了。那天夜里,从加拿大平原上吹来了致命的冷空气,下起了鹅毛大雪。十二天以后,雪停了,牛群遭受了灭顶之灾,成群的奶牛倒在有倒钩的铁丝网边上,每群都有十来头。叉角羚冻成了雕像,由于积雪有四十英尺深,火车延迟了三个星期,还有路边小木屋里的两个牛仔一起冻死在一件水牛皮的袍子中。

汤姆·阿克勒在塔奥斯度过了秋天和冬天,到五月才骑马回来。尽管阳光已经灼人,但是他小屋周围的积雪还是很深。有几片没雪的地上露出了鲜亮的绿色,上面长出了许多蓟草。他想知道金粉是否活了下来。他看不到猫的痕迹。他用桌上的一张旧报纸去点火,在火苗刚要吞没它时,瞄到了几个铅笔字,还有那签名"阿尔奇·麦克拉弗蒂"。

"不管上面写了什么,全丢了。明天我过去看看他们过得怎么样。"说着,他打开了他的鞍囊,从挂在橡木上避免给耗子咬坏的袋子里抽出了被子。

早晨,金粉从树林中跳了出来,身上的皮毛还很厚。汤姆放它进了屋,扔给它一块上等的腊肉。

"看来你还过得不错。"他说。但是那只猫闻了一下腊肉，走到门口去了，当他把门打开时，它回树林里去了。"很可能同短尾猫搞在一起了，"他说，"喜欢吃生肉了。"中午时分，他骑上马，朝麦克拉弗蒂的小屋赶去。

烟囱里没有冒烟。积雪覆盖在木柴堆上。他注意到，柴火没烧几根。到处是黄鼠狼的足迹，连屋檐上都有。很明显，黄鼠狼进了屋。"当然比木柴堆里舒服。"正当他在察看那些足迹时，那只黄鼠狼突然从屋檐的一个洞里蹿了出来，望着他。它比那脏兮兮的雪还要白，尾梢为黑色的尾巴扭动了一下。这是他见过的最大、最好看的黄鼠狼，眼睛发光，皮毛发亮。他想起了他的猫，他发现野生动物善于过冬。他想知道金粉同短尾猫是否能产仔，然后想起罗斯正在等他。"他们一定是去驿站了。"不过他还是打开了房门，往里张望着，喊道："罗斯？阿尔奇？"他见到的情景让他快马加鞭地赶到驿站去了。

驿站里一切都乱了套，所有的人都站在多尔甘家门口的泥路上，多尔甘太太在哭，吉达的嘴巴张得大大的，罗伯特·F.多尔甘在朝他的妻子吼叫，谴责她与人渣搞在一起，背叛了他。汤姆·阿克勒骑着大汗淋漓的马来到这里，大喊罗斯·麦克拉弗蒂在冬天，天知道什么时候，被犹特族印第安人强奸、谋杀并肢解了，可是人们根本没有在意。

只有新来的货车司机的妻子巴克·罗伊太太，因为害怕印第安人而很注意地听了他的话。多尔甘一家人还在互相叫骂。对他们来说，更紧要的事是那天早晨电报操作员——那个老光棍喝了碱水自杀了，死前花了几个星期给罗伯特·多尔甘写了一封四百页的信，在那些很难看懂的信纸上，除了描述他对多尔甘太太的无望的爱慕之情，还令人作呕地充斥着一些词语，如"雪白的屁股""亚当和夏娃的舞蹈""她的阴道"等等。汤姆本以为门廊上是一个旧马鞍和一堆粮食袋，其实是具尸体。

"无风不起浪！"罗伯特·F.多尔甘咆哮着，"我把你从奥马哈的那个妓院里赎出来，让你做一个体面的女人，给了你一切，而你是怎样回报我的？你这条彻头彻尾的母狗！你偷偷地溜过去多少次？你抓过多少次他那臃肿的老鸡巴？"

"我从来没干过！我没有！那个肮脏的老畜生。"多尔甘太太抽泣着，对那个坏蛋居然把注意力集中在她身上，感到十分愤怒，他还敢把他淫乱的想法当成真事写下来，加上有关她绣有粉色丝线的内衣、她左屁股上的红色胎记等细节。最后，他在发电报的小木屋里和多尔甘家的前门廊里吐得到处都是黑血，还揣着那四百页谎言，爬到多尔甘家的前门廊里去死。多少年以来，她一直努力让自己成为高雅的女人，她感激罗伯特·F.多尔甘把她从卖身的地方赎出来，一心想抹掉过去。现在，如果多尔甘逼她离开，她将不得不重操旧业，因为她想不出另外一种维持生计的办法。而且，吉达可能也会这样。她可是把她当成淑女养大的！她的个人价值观动摇了，然后就像浇了煤油那样，冒火了。

"你这个无耻的怪老头，"她声音嘶哑地说，"你凭什么拥有漂亮的妻子和女儿？你凭什么以为我们会留下来同你待在一起？瞧瞧你自己……你想当地区勘察员，但要是没有我和吉达去找重要的政客疏通，人家才不理你呢。"

多尔甘知道，这是事实，所以咬了咬他那没有梳理的胡子。他转过身去，夸张地大步走进他的住宅，把门碰得极响，据说把老鼠都吓死了。多尔甘太太赢了，于是她跟在他后面进了屋，和解去了。

汤姆·阿克勒看着吉达，她正用她小牛皮的靴子尖在泥地里画一个弧形。他们听见屋子内炉子盖响了一下。那是多尔甘太太在生火为门廊和卧室增加温度。

"罗斯·麦克拉弗蒂……"他说，但是吉达耸了耸肩。一阵风贴着泥地吹过，扬起一个小小的旋涡，其形状同从乌云中吹来的龙卷风一模一样，将稻草、马毛、微小的云母片和一根羽毛吹了起来。那尘旋散了，过去了。吉达转过身去，朝多尔甘家屋子后面阴凉的地方走去。汤姆·阿克勒手里抓着缰绳站着，然后又骑上了马，往回走去，那马以它特有的闲庭信步的方式溜达着。

在路上，他想起了他柜子里的威士忌，然后又想起了罗斯，他决定当晚他要喝得烂醉，第二天去把她埋了。这是他能为罗斯做的最好的事。他也想，也许，杀死她的不是犹特人，而是她年轻的丈夫，狂暴而粗野，现在已经逃到远处去了。他记起了那张写着阿尔奇留言的报纸，没有看就给烧掉了，就想，这不大可能。如果阿尔奇在狂怒中杀死了他年轻的妻子，他怎么还会到邻居家去，并留下一张带有签名的便条呢？除非这可能是一种忏悔。没法知道到底出了什么事儿。他越是想阿尔奇，越是记起那清澈而有力的嗓音和歌声。他想起了金粉充沛的精力和厚厚的毛皮，麦克拉弗蒂家的那只毛色光亮的黄鼠狼。有些活着，有些死了，事情就是这样。

他把罗斯埋在小屋的前面，把阿尔奇当年拉来做门口台阶的那块大沙岩石头竖起来，做了墓碑。他曾经想把她的名字刻上去的，但是想等下雪时再干。过后又太晚了，他得去塔奥斯了。

第二年春天，他骑马经过他们的小屋，看见冰霜的力量将那块石头推倒了，沉重的积雪将屋顶的横梁压塌了。他一边往前骑，一边唱着阿尔奇的一支歌："在青草猛长，野玫瑰盛开的时候……"他想知道金粉是否又顺利地度过了一年。

三齿蒿小弟

献给乔治·琼斯

有些人认为，飞机、船只、长距离的游泳者和漂浮的球形救生器在百慕大三角海域消失是种独特的现象，他们不知道，当怀俄明还没有正式成为美国的一个州时，在本·霍拉戴①驿道的红沙漠地段，也有一些莫名其妙的失踪事件。

历史学家们说，内战刚过，霍拉戴就向美国邮局这一驿道收入的主要来源提出了申请，要求允许他将路线向南移五十英里接上大陆驿道。他说北边的加利福尼亚—俄勒冈—摩门的驿道最近经常出现凶猛

---

① 本·霍拉戴（Ben Holladay，1819—1887），美国运输业大亨，他在1849年加利福尼亚淘金热的高潮时建立了一个驿道王国，在历史上被称为"驿道王"。

的、无法制止的印第安人的袭击,威胁到马车夫、旅客、驿站上的电报操作员、中转站的铁匠、喂骡马的人和厨子的生命,甚至威胁马匹和昂贵的黑色康科德马车(尽管其中大多数实际上是红色鲁珀特的破车)。除了一些精彩地叙述印第安人残忍袭击的信件之外,他还给华盛顿寄去了受损或丢失的商品和设备的清单:一杆夏普牌的来复枪、面粉、马匹、马具、门、十五吨干草、公牛、骡子、未阉割的公牛、烧掉的粮食、偷掉的玉米、损坏的家具、被烧掉的驿站本身以及里面的谷仓、货棚、电报室、打破的瓷器,还有窗户。尽管那杆来复枪当时是靠在公共厕所的墙上,被风吹倒在地,埋进了沙土,他的主人才从厕所里出来,或者那些碗碟是在一次激烈的射击比赛中碎裂的,或者驿站的马车受到的损害是因为那些冻得哆哆嗦嗦的旅客在车上焚烧同车运送的政府文件而造成的。他对那些官僚机构的习性了如指掌。华盛顿邮局的官员们看到那些令人毛骨悚然的新闻后,同意改变路线,为那个驿道王省下了在当时说来是很重要的一大笔钱,而他本人,却根据他得到的内部情报,准备等到联合太平洋铁路公司找到足够的铁锹和爱尔兰人,开始建筑横跨大陆的铁路时,就将驿道卖掉。

然而,被霍拉戴描写得如此恐怖的印第安人的袭击,仅仅是一次没有打起来的苏人战事,这次战役之所以没打成,是因为只有一方出现了。那些生气的印第安人为了能在这次行动中捞点什么,拿走了电线杆下面地上的一卷铜丝，那是一个着急去酒吧的架线工落在那里的。他们把它运回营地，做成了手镯和项链。这种首饰戴了几天之后，大多数作战人员身上都长出了疹子，直到 R. 辛医生猜到了那些电线的坏处，叫人们将剩余的电线和所有的手镯和耳环都埋了，才解除了他们的痛苦。在这里我还不能详细地叙述这位医务人员怎么会来到苏人中间的。此后不久，旅客们开始在桑迪斯库尔站附近地区失踪了，不过，从表面上看，此事同路线的变化和铜线事件没有联系。

桑迪斯库尔站的站长是比尔·弗，助手是他的妻子米兹帕。电报员在一旁的小木屋里敲他的键。弗夫妇已经结婚七年，但是没有孩子。在那多子女的时代，这种状况让两人都很伤心。为了这事儿，米兹帕有点精神失常。她用比尔的一件很好的衬衣去过路的移民货车上换了一只小猪，给它裹上婴儿服，用一只装上了奶嘴的瓶子给它喂奶。这只瓶子曾经装过威尔菲的马搽剂和西班牙的镇痛剂，现在却盛着弗家那头不幸的奶牛的奶。那头奶牛是牧场的公牛、偷牛贼、围牛的牛仔们的目标，它大部分时间都躲在附近的山洞里。有一天，那只小猪崽在婴儿服的褶边上绊了一跤，被一只金色的老鹰叼走了。充满了失落感的弗太太，用她丈夫的另一件衬衣去过路的移民货车上换了一只小鸡。她没有重犯婴儿服的错误，而是给它准备了一件轻薄的紧身皮上衣和一顶帽子。这顶帽子起到了眼罩的作用，那只不幸的小鸡根本没看到一小时以后将它抓走的郊狼。

悲痛至极的米兹帕·弗，承受着孤独给她带来的痛苦，把接下来的关怀投向不是动物的一丛三齿蒿上，在暮色中，它看上去像一个孩子，可怜兮兮地往上伸着双手，似乎要人把它从地上抱起来似的。这一丛三齿蒿成了这个孤独的女人的宠儿。她觉得它散发出一种迷人的香味，让人想起松树林和柠檬味。她每天私下给它浇一勺水（里面加了牛奶），高兴地看着它快快地生长，完全不顾每次去她心爱的植物那里时，她那双旧莫卡辛鞋上都会扎满仙人掌的细刺。起初，她丈夫只是远远地看着，讥讽地嘟哝着，然后他自己也接受了这种幻想，把所有的青草和可能从那丛心爱的草本植物那里偷走养分的入侵植物全拔掉。米兹帕在三齿蒿丛的中心系了一根红色彩带。它就更像一个伸出双臂的小孩儿，即使阳光将那随风飘扬的彩带变成粉色，然后是脏兮兮的白色时都是如此。

物换星移，那三齿蒿丛得到了小猪、小鸡和一些婴儿都得不到的培育和照料，长得飞快，因为米兹帕喜欢将肉卤和肉汁拌在给它浇灌的水里。现在，在暮色中，它看上去像一个大人，听到举手的命令，将双手高高举起。在冬天的雪地里，它散发着喜庆的光芒。旅客们发现它是梅迪辛布和桑迪斯库尔之间的那条荒凉的沙漠地带里最大的一个三齿蒿丛。对于那些逃兵来说，它成了一个地标。比尔·弗手里抓着一把土豆锄，朝土豆上敲了一下，宣布，他觉得，他要出去把他们三齿蒿小弟附近的仙人掌全锄掉。

就在比尔·弗打算开辟一条平整的小路通向并围绕三齿蒿小弟之时，驿站附近牧场的马变得稀少起来。过去弗家和当地的牧场主一直能找到一些野马，经过几个阶段，包括把钢栓系在门鬃上，有计划地鞭打，然后让一个脊椎还没给压成实心连杆的年轻驯马师短时间地、残忍地骑上几次。人们就认为这些马已经训练好了，可以拉驿站马车或让人骑了。现在，这些野马似乎转到其他的某个牧场去了。比尔·弗归罪于当时严重的旱灾。

"在别的什么地方找到了水潭。"他说。

一队移民在驿站附近扎营过夜，黎明时，队长使劲地敲弗家的门，要知道他们的一些公牛去哪里了。

"要上路了。"他说，他戴着一顶帽檐下垂的帽子，一副破眼镜，满脸的胡子，那八字须有一只死松鼠那么大，脸几乎看不见。他的手深深地插在外衣口袋里，比尔·弗想，这可不是好迹象，他曾见过几具手插在外衣口袋里的尸体。

"我没看见你们的牛，"他说，"这里是换马的驿站。"说着，他指了一下畜栏，那里有二十多匹尾巴像扫把那样的马在晒清晨的太阳，"我们没有牛拉的车。"

"都是很好的有斑点的牛，同一品种的六头。"队长用一种威胁的、低沉的声音说。

这时，比尔·弗感到有点好奇了。他同那个大胡子一起去了前一天晚上将牛放出去的地方。牛蹄印表明，这些动物曾在附近放牧，吃那些稀疏的禾草。他们跟着那些足迹走，搜索范围很大，但是找不到那些牛走的路线，因为那细沙地变成了光秃秃的岩石，上面是不留足迹的。那一星期的晚些时候，那队不高兴的移民被迫从哈雷克堡的小商贩那里买了一批品种混杂的公牛，那个商人干的买卖是低价将精疲力竭的牲口买进，把它们喂好了，然后高价卖给需要的人。

"很可能是印第安人抓走了你们的牲口，"那个小商贩说，"他们会用艾草秆将足印抹掉，让你们无法找到，然后他们长出了翅膀，飞到南方去了。"

站上的电报操作员总是要守安息日。他吃过艾草榛鸡加玫瑰山楂酱的午饭以后，下午出去散步，却就此没有回来。这件事很严重，到了周三，比尔·弗不得不骑马去罗林斯，要求派个人来顶替"那个跑掉了的、恪守《圣经》、眼珠突出的、该死的老鳄龟"。那个来顶替的人，是从前街酒吧里拉来的。他是个地道的酒鬼，早晨，他从他的前任的《圣经》上撕纸来点火，一个星期吃一只叉角羚，在一口从来不洗的长柄平底煎锅里烤肉。

"把那些骨头给我。"米兹帕说,她喜欢将肉末和啃过的骨头埋在三齿蒿小弟附近的土里。

"请吧,"他说着,将软骨和蹄筋刮到他用来做桌布的报纸里,裹了起来,"去做汤料,是吗?"

哈雷克堡的两个士兵同弗夫妇一起吃了顿饭,夜里就睡在三齿蒿丛中。早上,他们的空铺盖部分埋在细沙里,是瘪的,那两个人的马鞍还放在那里当枕头,他们的鞍辔还套在三齿蒿上。士兵本人却不见了,显然是两个逃兵,骑着无鞍马跑了。风将他们所有的踪迹都抹去了。米兹帕用那些铺盖做成了漂亮的被子,在那粗糙的布上贴上了黑色条纹和黄色圆圈构成的悦目的图案。

也许是光线造成的幻觉,或者是窗玻璃的质量太差,像眼泪一样波动、扭曲,但是,米兹帕在用洗碗布冲洗盘子时,往外看了一下,觉得她看见那三齿蒿的胳膊不是往上举的,而是叉在腰里,似乎拿着一根占卜的探水杖。她担心有哪只桀骜不驯的雄鹿想要试试它的鹿角,把三齿蒿丛的枝条折断了,就走到门口去看个仔细。那胳膊又高高地举起,在风中挥动。

罗林斯的弗里尔医生,在一次独自外出打猎时,在这里待了很长时间,同弗先生一起喝了一杯波旁威士忌并交换了一些城里最新的信息。一星期以后,医生的一群愁容满面的朋友骑马出来打听这位医生的去处。人们传说，桑迪斯库尔站不是过夜的好地方，大家开始怀疑比尔和米兹帕·弗。这不是第一个站长利用地处偏僻而作案的事例。人们关注着弗家暴富的迹象。弗里尔医生的东西一件都没找到，不过，陷在往东三英里的一个河滩的烂泥地里的一顶帽子可能是他的。

一天傍晚，一小群苏人，包括 R. 辛在内，在去哈雷克堡找小商贩用兽皮换烟草的路上，在附近停留了一个小时，要了咖啡和面包，米兹帕给了他们。暮色渐浓，天快黑的时候，他们重新上路了。只有辛走到了哈雷克堡，但是这个浑身哆嗦的加尔各答人既说不出苏语，也说不出美语，连他的母语都说不出来。他买了两卷烟草，通过流利的肢体语言向一队去盐湖城的摩门运货商标出了一个地点。

十来个亡命之徒骑马去波德泉参加闹哄哄的抢火鸡大聚会，去吃烤火鸡、各种味道的馅饼，通常还有些荡妇、数不清的扬普萨姆酒和在尘埃弥漫的小路上骑马骑得又快又累的人们喜欢的其他饮料。他们路过桑迪斯库尔，朝着那大三齿蒿丛打靶来取乐，试图打掉它挥动的双臂。其中五个人未能离开桑迪斯库尔站。当天弗夫妇在克勒格牧场访问，等他们回到家，发现三齿蒿小弟残废了，只剩了一只胳膊，但它仍勇敢地高举着，似乎在欢迎他们。那个电报操作员从他的小木屋里走出来说，是那些亡命之徒干的事儿，他选择不同他们对抗，而是等待时机，以后报仇，因为他对三齿蒿小弟也已经产生了一种主人式的关怀。大约就在那时，他提出了申请，要求调到丹佛或旧金山去工作了。

联合太平洋铁路贯通时，一切都变了，铁路将驿站的生意全毁了。驿站的大多数建筑消失了，那些需要造外屋的牧场主把建材都运走了。比尔和米兹帕被迫放弃了桑迪斯库尔站。他们含泪同三齿蒿小弟告别，搬到蒙大拿去了，领养了几个失去双亲的牛仔，开了一家家庭旅馆。

几十年过去了，那三齿蒿小弟还在长，不过长得慢了一些。那条旧的驿道上堆满了飞沙，长满了刺茎藜。二三十年以后，横跨两岸的林肯高速公路的一个路段经过这里。偶尔，会有个把开摩托车的人把三齿蒿小弟当成远处遮阳的树，有时会摇着一只野餐篮子走近那里。最后，州际高速公路把那条老路吞没了，卡车司机会把远处高高的三齿蒿丛当成一个路标，告诉他们，他们才穿过了半个州。尽管这位小弟的叶子还很茂盛，体积还很大，但是在州际公路通车期间，它似乎就停止生长了。

怀俄明掀起的矿业繁荣和萧条并没有影响到这个奇特的三齿蒿丛，因为它位于人们很难走到的遥远地区。但是一家跨国沼气开发公司——比美加能源公司在这个地区发现了有巨大开采价值的气体，申请并获得了开采权，开始钻井了，情况就大不一样了。不出所料，那

三齿蒿小弟　　109

里的确储存了大量的煤气。外州的工人都冲到这富矿脉来了。需要通一根输气管,来了更多的工人。住房的缺乏迫使工人们在四十英里以外的北部肮脏的汽车旅馆里四人一张床地轮班睡觉。

为了缓解住房的困难,公司在三齿蒿地里造了一个工棚。入口处的路离三齿蒿小弟很近。尽管小弟的体积很大,但是它仅仅是个三齿蒿丛,所以没人注意到它。那里有几百万个三齿蒿丛——有的大,有的小。它边上有条很方便的车道。那个工棚是一座令人生畏的大建筑,就像是从沙地里喷出来的似的。一间间小房间、公用的淋浴室、楼梯、床、几扇门都是金属的。简易的厨房里配备了一个员工,一个退休牧场主的老婆夸特太太,她的特长是做腊肉、煎鸡蛋、煮土豆,在商店里买面包和果酱,偶尔炖个鸡。老板认为,那可怕的三齿蒿大草原和单调的食物,是工人大批离去的主要原因。总部让老板雇一个新厨师,一个喝酒精上瘾的前钻探工,他的烹饪就是围着罐头豆荚和酸黄瓜转。

三周以后,夸特太太又上岗了,老板给了她一本食谱,并请她尝试一些新的菜肴。这个命令是灾难性的。她看到了做勃艮第牛肉、欧洲萝卜汤团、塞上青葱的香蕉、加上小牛肉冰淇淋的甘蓝肉圆等复杂的食谱。在缺少必要的食材时,她就按照她在牧场常用的方法,用手边有的腊肉、果酱、鸡蛋来代替。许多工人在吃了一顿以罐头蛤蜊、草莓果冻和陈旧的面包组成的奇怪的佳肴以后，就走出去吐在三齿蒿地里了。他们中间许多人都没有回来，据说是搭上便车去四十英里以外的那个有日夜分组轮睡床铺的汽车旅馆的镇上了。

总部看到，由于他们无法将工人留下而造成生产、收入和利润猛跌，就雇了一个曾经在一家意大利餐厅工作过的厨师。伙食大大地改进了，但是还有人离开。厨师订了一些外国的食材，是用很大的快餐车送来的。司机将一罐罐作料和蘑菇送到以后，就把车停在那个大三齿蒿丛的阴影中，去吃他午间的大红肠三明治，看一章《佩科斯小道的伏击》，打个盹。日班的三个钻探工回来时看见那车停在树荫下。第二天早晨去钻井的路上又见到了它。一辆冷冻车，引擎还没熄火。三天以后，那家公司来了个电话，问他们的司机是否去过那里。得知那辆卡车还在三齿蒿丛中后，州警来了。他们发现座位上有血迹，还有搏斗的痕迹（在挡风玻璃的内侧有一只靴子的泥印），就开始在卡车和三齿蒿丛周围拉起犯罪现场的警戒绳。

"凯洛格，把绳子拉好后，就出来。"一名中士对落在三齿蒿丛后面的那个州警喊道。那浓密的枝叶把他遮住了，那根绳子还松松垮垮地拖在地上。凯洛格没有回答。中士走到三齿蒿丛后面。那里没人。

"该死的。凯洛格，不要再胡闹了。"他跑到卡车的前方弯下腰去，往车下看了一眼。他站起身来，用手遮着眼睛，眯起眼睛，看着闪烁的阳光。其他两个州警，布赖德尔和格洛特，目瞪口呆地站在他们的巡逻车附近。

"你们看见凯洛格去哪里了吗？"

"也许回工棚去了？打个电话什么的？"

但是凯洛格不在工棚，没去过那里。

"他到底去哪里了呢？**凯洛格！！！**"

他们所有的人又一次在卡车周围搜寻，一直搜到远一些的三齿蒿地里，然后又回到卡车那里。布赖德尔又检查了一下卡车底下，这一次他发现后内侧轮胎上靠着一样东西。他把它拉了出来。

"斯帕克勒中士，我找到了这东西。"他拿出一块小小的撕破的布，同他自己的棕色制服的颜色一模一样，"起先我没看见，因为它的颜色同泥土一样。"有什么东西在他的脖子后面扫过，他跳了起来，把它拍走了。

"该死的大三齿蒿。"他说着，看了它一眼。在枝条深处，他看见了细微的闪光和"OGG"几个字母。

"吉姆，他的标牌在那里！"斯帕克勒和格洛特走到近旁，朝那个巨大而多枝的三齿蒿丛阴暗的内部张望。斯帕克勒中士伸出手去拿那块金属的标牌。

植物学家在他的耳朵、脖子和头发上都喷了防虫剂。当他朝着远处高大的三齿蒿丛走去时，黑色的小蚊子似泉水般喷涌而出。它看上去就像一棵大树耸立在小一些的三齿蒿海洋的上空。在它的后面是那废弃的工棚在阳光中微微闪光，工棚的窗框都已经七扭八歪的了。他的心跳加速了。多少年以前，他曾嘲笑那些植物学探险家努力寻找海边最高的红杉木，或者是新几内亚丛林里最高的树木的行动，但是，与此同时，他开始查看三齿蒿丛，想私下标出最高的那丛。他曾经在基尔佩克沙丘地附近测量过盆地大三齿蒿丛中的某些大标本，并把它们的尺寸记在了欧内斯特·海明威和布鲁斯·查特文①用过的那种黑色的小笔记本里。最高的达到七英尺六英寸。他面前的怪物肯定比那株要高出至少一英尺。

　　等他走近一些时，他发现它周围的土地上没有其他植物。他背包中只有一根六英尺的卷尺，当他挨着那巨大的植物往上量时，尺子还够不到它的一半高。他用眼睛记住了六英尺的地方。他得走得更近一些才能做下一次测量。

　　"我猜，有十三英尺。"他对那根卷尺说着，将一只手放在一根坚

---

① 布鲁斯·查特文（Bruce Chatwin，1940—1989），英国旅行作家，喜欢用海明威以来许多名人爱用的鼹鼠皮笔记本。

硬而热得有点奇怪的枝条上。

那三齿蒿小弟还站在那儿。附近没有沼气池和压缩站。没有道路通向那里。鸟儿也不停在它的枝条上。那工棚和那老驿站一样,都消失了。太阳下山时,那巨大的三齿蒿丛朝红彤彤的天空伸出胳膊。任何一个朝着正确方向看的人都能看到它。

分水岭

一九二〇年

　　那辆黑色的埃塞克斯二手车咔嚓咔嚓地沿着冰冻的泥路颠簸着。天空低垂在起伏不平的大草原上，就像打开的一卷卷肮脏的羊毛，就连在车子里面，他们都能闻到即将到来的飞雪。车上没有暖气，披着栗色头发的年轻妇女海伦，从肩膀开始，全身都裹在一件老式的水牛皮袍子中，袍子上有些地方的毛已脱落，露出了皮子。在一个作为路标的小石堆旁，她的丈夫海·奥尔康向左拐，开上了一条看不大清楚的小路。

　　"现在快到了，"他说，"可能还有两英里。"

　　"但愿暴风雪不要在我们到达那里之前来到。"她喘着气回答道。

　　"我们会没事儿的，"他说，"我们没事儿的。我们是在奔向我们自己的家。一年以后，我们再开车来时，就能看见亮着灯的窗户了。"

海的脚踩在踏板上,她看见他那双穿旧了的牛津鞋的鞋带是用细绳结牢的。厚厚的一层黄土,积成了灰泥,然后又被擦成灰尘,落到埃塞克斯的车底板上,弄得鞋子变了颜色。

"我看不见任何房子,"她说,"这不像我们从比尤利先生那里听到的那样。他说,现在这里几乎已经是个城镇了。"

"还没有。我想,明年这个时候,我们会把一切都建成的。我们中间有些人来晚了。"

这个聚居地有两个地区,东面已经安排停当,他们买了房子的西面还没有形成规模。

因为灰尘,他咳嗽了几下,接着又说下去:"沃什先生和太太就像我们一样,刚出发,还有内德和查利·沃林兄弟。他们也要造房子的。沃什夫妇去那里野餐过。"他突然将轮子转向右边,那里靠着一根顶端漆成白色的木头篱笆桩。没有挂电线的围栏桩向西排成一溜。

"沃什太太是脸上有草莓色斑的那个吗?"

"我猜是她。我记得她脸上有点不对劲。好了,到了。东南角。我们到了我们的地方。认出来了吗?"

他们是在五月结婚以后马上同安蒂普·比尤利先生一起来看宅地的。他们把地买下来以后,在夏末来过一次,是应比尤利先生的邀请,来参加《分水岭》的野餐。当时他们住在克雷格的一家家庭旅馆里。

海伦帮助拉夫斯太太换床单和为住户煮饭，每周赚几个美元。拉夫斯太太是个寡妇，她在丈夫去世后继承了他的货运生意，但是发现，要照看六匹马和它们沉重的马鞍太累了。她卖掉了那桩营生、那些马和车，在克雷格买了一栋相当大的房子，挂出了她的招牌：**拉夫斯旅馆，供应住宿和伙食**。海伦不喜欢这个工作，因为所有的家具和墙纸后面的空间里全是臭虫。它们有一种特殊的气味，就像陈年的牛油。海当然来过那宅地好多次，进行测量，决定房子和谷仓应该建在哪里，标出边角，打下围栏桩。一个人打桩是没问题的，但是拉电线却需要两三个人。

她忘不了第一次看到高大的安蒂普·比尤利先生立在海身边的样子。他的手有干草叉那么大。他的脑袋、头发和皮肤都是原木的颜色，其形状就像是有人拿了一块十二乘以十二的方形木块，把角用砂纸磨光了，留下了光滑的下颌的轮廓，却并没有掩盖那木块的形状。脸上有两个深深的酒窝。但是，当比尤利微笑的时候，大地似乎都变得亮堂起来了，就像一道闪电越过了它，因为他的四颗门牙，上面两颗，下面两颗，全是真金的，就像结婚戒指那么纯。

"叫我安特好了。"当时他说着，大力摇摇海的手，然后，朝海伦粗糙的农村姑娘的手弯下身去，似乎想去吻一下手或者是那上面的空气,很有礼貌,但是带着讥讽的嘲弄。他们全坐进了比尤利先生的旅游车。

海在订阅《分水岭》之前,就已经对比尤利有所了解了。他一直在看比尤利的报道,主张让人们在公有的土地上安家,来对付那些大牧场主,他把他们称之为"牧场的霸道猪"。在去那些地图上有标志的地方时,这个大个子热情洋溢地谈着要将闲置的牧场变成快乐的家园,为"小人物"提供机会。海伦坐在两个男人中间,感受到两个人发出的体温。她决定,在回去的路上,她要坐到后面去。

比尤利先生谈到他在俄克拉何马长大,谈到他作为拳击运动员、律师、阿拉斯加的勘探者的职业生涯以及他如何出于对妻子的热爱而回到了俄克拉何马。不过他讲到这一点时带着他刚才弯身对着海伦的手时一样的礼貌而又讥讽的神情,还用他的屁股去挤她,好像他们是同谋似的。她轻轻地往海身边挪了一点。

他告诉他们,他是怎么来到丹佛为《分水岭》投稿的。他早就认识并欣赏《丹佛邮报》的老板之一邦菲尔斯先生,他是"小人物"强有力的朋友。海伦但愿他不要那么经常地提到小人物。她觉得这是在贬低他们,因为她和海无疑是属于下层的农民。海伦还觉得,普通人,譬如海,找一个工作都那么困难,而安蒂普·比尤利却有那么多工作,还把它们都丢在一旁,这是不公平的。

他们花了一天的时间，开着车从一片公地到另一片公地，一些角百灵在他们的路前面跑着，直到最后一刻才飞起来。他们走过了许多英亩平地，海伦觉得全都是一样的。三点左右，他们停了下来，在汽车背阴的地方休息。比尤利从车后面拿出一只水淋淋的篮子。里面有三只苹果、几块融化的冰块、六瓶啤酒和两瓶菝葜汽水。比尤利和海各喝了两瓶啤酒。海伦走到看不到汽车的一个洼地里去方便了，等她往回走时，看见那两个男人也在干同样的事，并排站着，相互有礼貌地隔着八英尺或十英尺。

"我告诉你一件事，"安蒂普·比尤利悄悄地对海说，似乎啤酒和小便将他们推入了更亲密的层面，"有一个特别的地块，我一直是留着给一些特别的人群的，我觉得，你们就很合适。它确实是货真价实的。等着瞧吧。"

海伦觉得这块地看上去同其他的一模一样，就待在车里了，但是比尤利带着海去了一块小小的洼地，那里的植物看上去有些不同。当他们走近那里时，鸟儿纷纷飞起，潮湿的泥土中露出野马的蹄印。

"到了，"比尤利说，"你觉得那怎么样？"

那是小洼地头上的一块湿地，只不过是平地上的一条斜缝。"很棒的小泉水。从不干枯。你把它挖出来，造一座泉上小屋，你就一世无忧了。"

就在那时，正在车上往外张望的海伦，看到海决定了，这就是他们的家。他把脑袋稍微往上仰了一下。他在下定决心要干什么事时，总是做这么一个动作。

"你不是说过，我们要有一些树的吗？"她说话的声音很轻，似乎刚吸入一缕白云，她的话音正随着那轻飘飘的云尾流出。但是她的脸色蜡黄，显得很不舒服，双手放在水牛皮袍子里面。

"去年春天你见过这地方。你以为现在那些树已经长起来了？我们得去种。我会种的。老天做证，只要地一化冻，我要干的第一件事就是种树，我会拉一车木材以及一些树和玫瑰丛过来。这样你满意了吧？"他的声音有点粗暴，似乎她要的是一条圆石铺成的私人车道和永久性的喷泉。

她点了一下头，想保持这一天的平静。

他的声音缓和一些了。"那好吧。来,下来,我给你看最棒的地方。"

海伦慢吞吞地下了车，因为她的关节有点冻僵了。她拍了拍袖子上的灰，走进那刺骨的空气。她感觉很冷，但愿自己当时穿的是她那件棕色的美利奴羊毛裙。她跟随着海大步走着，现在两个人都走得很快，因为最初的几片雪花已经飘下来了。去年春天这里曾经是绿草如茵，长满了星星点点的野花，因为安蒂普·比尤利很精明地在最美好的季节带他们来过。去年夏天他们来参加野餐时，住在东面。那里的景色是荒凉的，草地是干枯的棕色，就像咖啡的污渍，当时她很高兴他们将要住在鲜花满地的西面。可是现在这里就像是一片荒地。

"冷！"她倒吸了口气，说着就去摸她那件薄夹克衫领口的纽扣，并且设想她要是带一条羊毛围巾来，该有多好，要是穿着厚厚的风衣或者大衣该多好。

"瞧瞧这里。"海兴高采烈地喊着，张开了双臂去拥抱他在一个克雷格农民的帮助下犁过和耙过的两英亩地，"春天我们再耙一次，就可以下种了。这个怎么样？"他指着他在几星期以前建的那座泉上小屋。他把那脏兮兮的泉水清理过了，用雪松枝将它围了起来，在底上铺了河里干净的砾石和被水冲得十分光滑的石头，然后又造了一座小小的建筑来防止牧场的马、家畜和泥沙俱下的风的侵袭。他打开了那扇小门，她能看见那黑色的水面映出落在上面的那一方亮光。

她做了个鬼脸，他看到了那表情。

"怎么了？"他说。

"没什么！很棒！只是孩子踢了一下。"她说着，把手放到肚子上，就像女演员们想要表示她们已经怀孕时的动作那样。

"嗯，"他说，"很好。是吗？是吗，亲爱的？"

"是的。"

"很好，新的土地，新的泉上小屋，还会有一栋新房子，一个小孩。我们给他起个名字，叫乔吧。对一个男孩来说，乔是个很好的名字。"

"好的。或者叫吉姆或弗兰克。"这是个老问题。她知道他害怕念起来啰唆的名字，因为奥尔康三兄弟海沃撒、哈米尔卡、塞尼卡都很遭罪，每个孩子在各自上学的第一天结束时名字就被简化为海、哈姆、塞。有时，海伦会取笑他，用一种她以为印第安朗诵者会采用的低沉的嗓音唱道：

>在吉特切古米岸边，
>
>在闪光的大海水边，
>
>竖立着诺科米斯人的棚屋，
>
>那里住着年轻的海沃撒……

"不是这样唱的。"他严厉地说，因为他受不了别人的取笑，就拿起一只用生牛皮系在泉水上面的雪松上的洋铁皮杯子，舀满了水，滴滴答答地，递给了她。

"你干了很多活。"她说，想安慰他一下。

"你说呢，小妹。"

她喝着这杯冰冷的水，又纯又甜，还有一点点雪松的味道，就想，这是我们的水，我的水，因为买这地方时，她父亲曾给了他们一百美元。战争年代，农民的收入不错。玉米已经涨到两美元一蒲式耳①，小麦的价格似乎还会继续上涨。钱很有用，比尤利先生说，每个住家应该有两千美元、六头牛、三匹马。在去参加野餐，看已经定居的人们炫耀他们的南瓜和玉米的路上，海向她解释道，分水岭聚居区不是为那些一穷二白的人准备的。它更适合那些有一些财产，又想要回归土地的人们。

过后，在推搡的人群中，他说，"所有的那些人，"——朝那正在观看泳装美人的人群的方向挥了下手——"都有点钱的，所以，这个聚居区一定会成功。"海伦和海只有六百美元和一头牛，但是海坚信，在五年之内他们会补足的。他已经设法买了三匹马，都很便宜，而且是未被完全驯服的，因为它们刚从红沙漠来到西北部。

"我很快就会将它们驯服的。"他说。但是，他不善于养马，过了几个月就把它们卖了，用那笔钱去付了拖拉机的首付。他准备种玉米和小麦。

"用我们在粮食上赚的钱去把拖拉机的钱付清。"他曾经这么说。

现在，他只穿着衬衣站在凛冽的秋风中说："东面已经有几栋房

---

① 蒲式耳，谷物的计量单位，在美国相当于35.238升。

子造好了。要不是快下雪了，我们可以去那里。你看得见的。"他瞧了一眼翻滚的云彩，那稀疏的雪片已经飘了下来。她打了个冷战，没说什么。

"最好是快点回克雷格去取暖。我们直接跳到床上去，就暖和了。"他迅速地上下动着眉毛，传递着一种邪念。她觉得这种眉毛的扭动既讨厌又可笑。

他们两人都来自艾奥瓦州的塔布尔托普。海的父亲是个有主见的农民，而她自己的双亲罗尔夫和内蒂丝·肖特拥有一个小乳牛场。她是九个孩子中的中间的一个。她的兄弟们也都是养奶牛的农民，而海伦不喜欢奶牛以及对它们的没完没了的照料，部分是为了逃避奶牛才结婚的。她之所以结婚，也是为了逃避一家人对鸟蛋的迷恋。家里所有平坦一些的地方都放着罗尔夫和他的儿子们收集来的棕色的鸟蛋。他们常常走很长的路到远处去收集更多的蛋。她父亲爬树用的装备挂在牛奶房里的钩子上。即使是在那里，在灰尘和鸡毛中间，门一打开，野生的鸟蛋就会划着小弧线滚出来。她的三个哥哥也收集鸟蛋，饭桌上总是没完没了地谈论爬树的惊险动作和冒险爬上悬崖去抓他们想要的鸟蛋之事。

回克雷格的路程令人胆战心惊。暴风雪突然来临了。海一边咒骂着，一边费劲地沿着打滑的车辙开车，还常常在纷飞的雪花中迷路。二十二英里路花了他们五个小时。海伦觉得他们能活下来是个奇迹。海浑身雪白，精疲力竭，但是他说，埃塞克斯是辆好车。

她是在她哥哥内德的葬礼上遇到海的。当时海从第一次世界大战的战场上回到家才几个月。那天天气很闷热，微风和乌云均无济于事。送葬的人都扇着小圆扇子，才感到凉快一些。扇子上印着承办方法罗殡仪馆的名字。海的弟弟塞曾经是内德的朋友，而且那次是同他一起去掏那些倒霉的鸟蛋。内德爬到黑水潭里的一个空树桩里去掏一只蓝色的大鹭鸟的蛋，而塞等在下面的小船上。等内德爬到鸟窝边上时，那只狂暴的鸟为了保护它的蛋，用它的喙啄伤了他的眼睛和脑子。

当他们同大汗淋漓的送葬队伍一起离开那刚垒起的坟墓时，海对海伦说的第一件事是："哪怕他们把全世界的鸟蛋都堆在我面前，我也会转身走开的。"这就够了。她母亲听到了这句话，认为这是从侧面来指责他们儿子的死亡。从那一刻起，她就不喜欢海。

海比海伦大九岁。在战争中，他吸入过一些毒气，右臀受伤。他回家的时候，腿有点瘸，根本不愿意同他的父亲和兄弟们一起种田。家人不知道拿他怎么办，于是他父亲就用讽刺的声音唱起每个农民都知道的那首新歌："他们见过了巴黎，你怎么还能将他们留在农场里？"

不过，他当然没去巴黎。

"我不会让他们高兴的。"他说，似乎他拒绝去访问这座光明之城，是对法国人的一种惩罚，他用一种滑稽而侮辱的口吻把法国人叫成"法国佬"。海觉得，现在他的生命对他来说是一件宝贵的礼物，不能浪费，因为那么多人都死在了法国的泥地里，而他还是不明白他们为什么该死。他知道，他必须离开他的家，离开塔布尔托普及其无边无际的玉米和闪烁的地平线。他要去一片新的领域，尽管他觉得新领域在他爷爷的年代都已全部消失。他是在寻找他侥幸活下来的生命可能实现的目的，不过自己并没有意识到这一点。披着棕色长发的十九岁的海伦出现在他面前，就像是遭到海难的人遇见了岛屿一样。他们会创造他们自己的新领域。

海把希望寄托在玉米和小麦的价格持续上涨上，因此，当玉米跌到四角二，小麦从三点五美元跌到一美元时，他傻眼了。

"我无法理解怎么会跌得这么厉害。"他说，因为好几个月以来他一直在看《分水岭》。这时海伦指出了一篇文章，上面警告说，战时的需求结束了，而太多的农民还期待价格继续高涨，播种得太多了。

"这说明不了问题。"他说，"世上的人还是这么多。他们得吃饭。"

即使价格稳定，他们也得面对小麦和玉米收成不好的事实。只有土豆长得很茁壮，但是土豆是一种便宜的庄稼，任何人都会种。一九二一年十一月，海回到艾奥瓦去看他父亲，不是出于亲情，而是去学习如何做土豆威士忌。

他们到了艾奥瓦，当然得去拜访她的家庭。他们在那阴沉的家里待了不到半个小时，就溜走了。

"瞧，你又怀孕了。"她母亲冷冷地说，然后就不作声了。

"他们怎么能这样过日子？"海伦在回家的路上痛心地说。威廉又一次捡起了收集鸟蛋的活儿，不过不是把它们一排排地放在陈列柜里和桌面上，而是把它们卖给城里的收蛋的人，他们没有时间，也不知道去哪里掏鸟蛋。很快，他赚的钱比任何一个养奶牛的农民都要多。纽约市和费城喜欢秃鹰、草地鹨和野天鹅蛋的人的需求非常大。他母亲已经让他把一切同蛋有关的东西搬到现在空着的老鸡舍里去，因为她不允许家里有任何会让她想起可怜的内德的东西。面对他母亲对他所作所为的冷酷的仇视，威廉没有妥协，反而开始独自住到鸡舍里去了，他从作为支撑的木板上拆除了鸡窝，把他那脏被子扔在地上。很快，他身上散发出鸡的味道，人也像鸡一样，衣服上都挂着零星的鸡毛。

"我可怜的哥哥。"海伦说着，叹了口气。

"嗯，"海说，"他的生活很简单。就是个肮脏的软骨趾小鸡爱好者。"

土豆威士忌没做成功。海是那种无法低调做事的人，六个月以后，财政部的缉私酒官员就找上门来了。他当时找了一个岩脊下的印第安人的老山洞作为他的制造车间，把那个用鹿皮和珠子包着的印第安人的尸体扔了出去。在一个多云的阵风习习的日子，他正在煮土豆泥，警官来了。法官杀一儆百：入狱六个月，罚款二百美元。海伦不得不向威廉借钱去付罚款。她骗海说，她是把拖拉机卖了，筹集的这笔款子。她的确把拖拉机卖了，但是只卖了五十美元。

他出狱以后，两人就越过州界线到了怀俄明，这里是由深深的峡谷隔开的崇山峻岭的地区。西面是荒凉的沙漠，东面耸立着形似黑色大波浪的马德雷山脉。海伦的鬈发姐姐弗拉和她的丈夫芬克·菲普斯住在一个海拔极高的农场里。是安蒂普·比尤利带他们来看这地方，并把它卖给了他们。

"又是那个人。"海伦说。她觉得，比尤利先生操纵着许多人的生命；他无疑把他们看成小人物，而把他自己当成了一个木偶操纵者。所有的定居者都梦想战时的价格会卷土重来，所以在山顶上种小麦。当地的牧场主反对他们，有人传说，有两家人去罗林斯购买日常用品时，家给烧了。海伦觉得这是个艰苦的地方，居民也很冷酷无情。她很怀念分水岭西面的老家，不过她当时很愿意离开那里。

一九三二年

听上去，是孩子们在床上乱跳，发出极大的喧闹声，在一声特别强烈的撞击声以后，出现了死一样的沉静，接着是窃窃私语声。海伦走到门口，往里看了一眼。有一张床的一头塌了下去，现在就像一只想要站起来的奶牛。

"行行好吧，"她说，"你们的父亲随时会回来，你们在干些什么？拆家具。"她愤怒地朝四处张望，似乎是在找那根她过去用来揍他们的棍子。

"听着！是他！"米娜说，她十一岁，同海一样身材魁梧。一对双胞胎亨利和巴斯特，九岁，却长得又瘦又矮小。海常常用他们的身高取笑他们，让他们多吃些，可以在骨头上长点肉。小里菲是个被宠坏了的婴儿，家里的宠儿。

他们人人都能听见车子开近门廊时引擎发出的轰鸣声，然后听见海踏上了台阶，开了门。

男孩子们朝他奔去，亨利已经在问他有没有给他们带来什么。

"我只弄到了一卷救生圈①。你们得分着吃。"他把它拿了出来放

---

① "救生圈"是美国一种硬糖的牌子，因为其形状像救生圈而得名。

在手掌上。巴斯特一把抢了过去,就往外跑,其他孩子都抓着他的衬衫。

海伦望着他。他摇了摇头。"你知道,我去夏普家了,我说,听说他要雇人。他一句话也没说,只是指了指那个弱智的大个子丘奇·戴维斯,正在往车上扔大包粮食。这就表示,他已经雇了丘奇。知道一个弱智者赶在你前面得到了工作,让人感到很沮丧。"

海伦的肚子疼起来了。他们能干什么?她不懂为什么大萧条要伤害那些想工作的人。必须得有个赚钱的办法。

从正面的窗户中,米娜能够看到阵阵尘雾在热浪中向山上滚来。看到它的速度减慢,她就知道车会拐进来。

"妈!来了一辆车。"

海伦在围裙上擦了擦手,把围裙解了下来,朝玄关门走去。一辆满载的厢式小客车爬上了私家车道。上面全是灰尘,她都看不清它的颜色。她想,大概是褐紫色的吧。那辆车停在棉白杨树下仅有的树荫处。乘客座位旁的车窗拉下了,出现了一张脸。

"弗拉!"她喊了一声,就冲下了台阶。她对两个女儿喊道,"这是你们的姨妈弗拉!"两个女孩子光着脚丫子,迈着小步,穿过石子路,走上前来。一只半大的小狗咬着裙边,跟在后面。亨利和巴斯特在一英里以外用弹弓打草原犬鼠。弗拉和芬克还待在座位上,不过把窗玻璃拉下了。芬克的牙关紧咬的脸上有很多黑头粉刺,夹杂着胡子楂儿。他有着提线木偶一样的假笑和深色呆滞的眼睛。海伦知道他用皮鞭抽孩子,有几次还抽过弗拉耳光。她一想到那对呆板的眼睛带着怨恨盯着她姐姐,就浑身发颤。

"走到这里了,想看看你是不是在家。"芬克悄声说道,他的嗓子有点毛病,说话的声音像女高音,所以悄声说话对他更合适。通常,许多话芬克都让弗拉去讲。据说,他小时候曾经想上吊,结果伤到了喉咙。"在一定的年龄,他们会非常阴郁。"他母亲是这么解释的,但是他的老父亲知道,很可能是另一回事,位于将男人和女人对性的了解隔开的分水岭的另一侧。他在去铁匠铺时,听到人们的一些窃窃私语,说什么性交高潮,或者是低潮。那里是当地农民非正式的聚会地。铁匠铺的老板雷·盖普斯有一只很大的咖啡壶,还有一些漆黑的爪哇咖啡,任何能喝的人,打开龙头就能喝。

海伦靠在车窗口,两只胳膊架在火热的金属上,总是绕着棉白杨吹的微风,吹动着她印花布的裙边。

"你们是从哪里弄来这辆好车的?"她说。那辆车在冷却的过程中发出各种滴嗒和噼啪声。两个女孩子走上前来,米娜的两只胳膊抱在她扁平的胸前,里菲在转动门把,听着大人的谈话。她们也穿着棉质印花布的裙子,不过都有泡泡袖,里菲还有个小小的蕾丝边的领子,

分 水 岭 133

是海伦编织的。她们苍白的小腿就像去了皮的柳树枝。

"芬克在捕马,赚钱不少。"弗拉说,"我们来看你们,也是为了这事儿。"她没有看着她的妹妹,而是看着芬克,等着他点头。

海从他正在翻掘三齿蒿丛的屋后走了出来。海伦想要一个家庭菜园,平整土地是非干不可的活儿。他站在芬克的车窗附近。

弗拉在替芬克说:"芬克要海同他一起干。那些马可以带来五个或八个美元,他赚了好多钱。"

海摇摇头。他那因为干活而变得粗大的手,沾满了泥土,垂在身旁。"从来没干过。"他说。

芬克不得不说话了。他悄声地说:"这是个好工作。有些人,像托尔伯特他们,是赶马,有些人将它们赶进了箱状峡谷,而我们是晚上在水坑边设陷阱。这么一来,跑出去的不会很多。你听懂了吗?钱很好赚。我一直是同瓦基·莱普一起干的。"

"瓦基·莱普!见鬼,他的一条腿是假肢。"

弗拉开口了:"是的,前一天夜里就出事了。所有的马都从陷阱里跑出去了,现在,它们对陷阱很熟悉了。"

芬克把嗓音压成了女低音,说:"他老是在周围跳来跳去,但是没用。瓦基老是在尝试,可是运气不好。"他瞧着海。

但是海仅仅表示,他要考虑一下。亨利和巴斯特出现在视野里了,正沿着干枯的麦田边缘慢慢地走来。等他们认出坐在汽车里的旅客时,就奔了过来,以为那几个表兄弟也来了。他们感到很失望,打了他们的姐妹一拳就跑了。

"你们这些男孩,最好别这么干。"海伦说。

十天以后,那辆破旧的黑色埃塞克斯永远报废了。多少年以来,海进行了成百次的修理,修了又修,但现在整个发动机卡住了,他知道,这东西不值得修了。再说,也没钱修它,所以他走到芬克和弗拉的家,告诉芬克,他同他一起干。

"我知道你会来。"芬克喃喃地说,"好吧,明天我们要设一个新陷阱。我们不赶马,因为要花很多时间,还需要一堆骑手。我把这件事让给托尔伯特他们去做了。老吉姆和他的七个儿子甚至不用说话,相互间就非常了解。我和瓦基喜欢水边陷阱,你懂吗?上个月我们在很远的道路崎岖的地方发现了一个水源,四面八方都有马蹄印。上周,我们把运货马车挂在新汽车上,把桩子和电线都拉去了,现在我们得去搭一个捕兽围栏和侧栏。开车去那里很辛苦。我几乎毁了那汽车,弗拉非常生气。那里有很深的冲积层,那些石头对轮胎的损害极大。我在想去弄一些像吉姆他们卡车上用的那种结实的轮胎。我在想,把它们锯开,做底盘,你懂吗?我想,你最近不骑马吧?"

海摇摇头："只骑一匹老帽子。主要是孩子们在骑。它都快一百岁了。"

"你可以骑大鼻子和克拉比。"

海点了点头。

这是一个难得的日子，没有风，凉爽又晴朗。芬克和瓦基已经在离水源三英里的地方扎了营，他们打算在那里挖一个水陷阱。芬克的厢式小客车拖着那辆马拖车，在平地和冲积层上跋涉了很久，直到傍晚时分，他们才来到了营地。那片地带高低不平，峭壁林立，有很多干涸的河谷，不过海很喜欢到这种地方来。搭在沙石崖下的帆布帐篷被沙漠中的灰尘弄成了红点斑斑，帐篷内放着铺盖卷、炉子、歪斜的桌子和几箱食物，把它挤得满满的。那炉子发出阵阵热浪。海把他的行李扔在后墙边。芬克在卸大鼻子和克拉比，将它们赶到畜栏里同其他马待在一起。瓦基在营地已经待了整整一个星期了，他煮好了新鲜的咖啡，煎了鹿肉排，煮了一锅土豆。他们在室外吃了饭，芬克生起了篝火，天还没有全黑，就上床了。

"天亮了。"芬克摇摇他，轻轻地说。瓦基已经在炉子旁烧腊肉，搅动着发酵用的酵头了。他们把咖啡壶喝干后就骑马出发了。上百英里的视野让海忘掉了金钱的烦恼。

等他们来到水源地时，太阳已经升起了。那里有许多新鲜的马蹄印和成堆的马粪。

"天黑以后它们才来喝水，"芬克用他的女人一样的嗓音说道，"舌头拖得好长，就想喝水。你听懂了吗？白天它们从来不来。"

他们三人花了整整一天的时间，才挖了一些四英尺深的洞，安上了柱子——锯断的旧电线杆——并拉上了缆绳和铁丝。在瓦基和芬克搭侧棚时，海拖来了杜松和三齿蒿丛来加以伪装。

他们完工时，已经快到傍晚了，离天黑大约还有三小时。天空中全是去向不定的辫状云彩。他们回到营地去整理行装。芬克轻声说，他们得回家，因为天要下雨了，他不想让车陷在泥地里开不动，给那些马一两个星期，习惯一下环境的变化。到那时，他们会来，在暮色之前躲起来，等到夜色来临那些马来饮水时，就跳出来盖上陷阱。他们会让那些马在那里喝饱了水。这样，第二天早晨他们套马和捆马腿，并把它们赶到三十英里以外的旺姆塞特铁路调车场时会容易一些。

"到那时，它们会去哪里呢？"海问。他以为，它们会去参加竞技表演。

芬克窃笑了一下："水貂饲养场。加利福尼亚的宠物食品工厂。喂鸡。懂吗？"

十天以后，他们抓了十七匹马。芬克说，这个陷阱很好，不知道他们能用多久；也许能用上几个月。最难办的事是将它们赶到铁路上，登上那炎热而又不通风的车厢。那些车厢散发着死亡的气息，让海觉得胃里搅得难受。马匹不断地掉入陷阱，在空隙期间，他们去寻找更多的水源和流动的泉水。

在将作鸡食用的马赶往铁路的路上，芬克有十几种办法来减慢它们的行走速度。他会抓住一匹马在它的鼻孔上割一条缝，将一条生牛皮穿过去，把鼻孔拴住来减少那动物的吸氧量。或者他会将两匹马拴在一起，或者把一匹马同一匹劣质的鞍马拴在一起。有几匹马的马鬃上拴了一个很大的金属螺帽，螺帽的尖角不断地撞击，疼得它们不得不减缓速度。那些前腿捆住的马，要是还跑得很快的话，就把腿侧边也捆住。对那些不顾一切还想挣脱的不安分的马，他就朝它们的肚子开枪。

"你在干什么？芬克！"海第一次看到他的连襟拿起来复枪打一匹挣脱的公马时，大声喊道。这匹马没精打采地拖在其他马后面走了两天，等他们走到轨道上时，它还没倒下。

"它们能活很久。"芬克理所当然地喃喃说，"嗨，它们本来是去做鸡饲料的，你懂吗？这有什么差别？还是值五块或者六块钱的。"

但是海觉得这是种丑恶的行为，所以有一天芬克叫他去开枪打两匹挣扎的马时，他离开了。他似乎毫不思索地随口就说出来了。

"好吧，那你就走吧。走吧。我不想对你发脾气。"芬克的眉毛挤成黑黑的、毛茸茸的一条。他那耳语般的嗓音像锉刀发出的声音一样刺耳,"你从一开始就不认同我们,对吗?你太懦弱,你可以好好地去想想清楚。"

"我想清楚了。"海步行了三英里,走到了搭着帐篷的营地,拿了他的铺盖卷和日用品,搭了一夜便车,来到了老驿道,天一亮,就搭上了那个犹太小贩伊西多的车,坐在他的货车后面,看着几只喜鹊在空中留下一道道黑白的光芒。

海伦在他的水疱上涂了红药水,用绷带包扎了他擦伤的双脚。

"我不懂,你为什么就这样离开了。"她说,"我们现在该怎么办?"

"离开这个地狱口。只要与芬克有关的事,我永远会远远地躲进三齿蒿丛中的。再说,我也没赚到多少钱可以存银行。你可能也知道他们会把这里收回去。搬到罗克斯普林斯或者苏必利尔去。我们可以租房。我会在煤矿上找个工作。这样收入稳定,我也不必开枪去打任何马匹的肚子了。"他告诉她芬克对待野马的态度。

"那些可怜的家伙,"她说,海伦的心肠也很软,"我觉得芬克生性卑鄙。"

"我想,是为了钱。他这种人为了捞钱,是什么都干得出来的。你应该去瞧一瞧,他把那辆新车毁成什么样了。他觉得他很容易就能再买一辆。"

"他也许能。"海伦说。现在对她来说芬克似乎是一个残酷的怪物。她发誓永远也不搭理他了。

他们没有在苏必利尔租房,不过海在罗克斯普林斯的联合太平洋矿上找到了工作。尽管公司的住房只是个小木屋,海伦却喜欢城里的种种便利:有电,有自来水。孩子们可以步行上学。周围有很多人,可以说长道短,可以聊天,有社交生活,食物供应很方便。当小里菲得了小儿麻痹症,必须装上人工呼吸器时,这种愉快就消失了。医生告诉海伦,孩子生病的原因是住在城里,同其他孩子一起上学,小儿麻痹症是传染的,要是住在城外沙漠边上的老房子里,孩子可能就不会染上这病。海伦恨死了那个医生,却不恨城镇。

一九四〇年

对于一个曾经拥有过自己的家,一辈子都在室外工作的人来说,煤矿的工作是很艰苦的。海很惊讶地发现,他很怀念同芬克一起捕马的日子,骑马穿过凉爽的高高的沙漠,那灰绿色的艾草和茎藜、为艾草榛鸡遮阴的咸艾草丛、叉角羚、偶尔出现的驼鹿、骑马登上山脊和平顶山去找寻野马群,漫步穿过沙丘,看见猫头鹰在草原犬鼠区挖掘,飞翔在空中的赤褐色的鹰和雕，一只孤单的喜鹊像针那样穿过像铺上了被子那样的天空，偶尔有条响尾蛇像丝带那样爬过。寻找捉摸不定的水流和渗水的地方，为他提供了不能与人共享的私密的、独有的愉快。连海伦也无法理解荒漠的吸引力。尽管他鄙视芬克的作风，那人却热爱那荒芜的土地，这就是一种纽带。现在，要同一些工人坐一个铁笼下去，在昏暗的灯光下，弯着腰，在拥挤的空间干活，是一种苦难。这些工人穿着几个星期，或者几个月都不换的衣服，身上都发臭了。他很晚才拖着沉重的脚步回家，全身都是漆黑的煤灰。晚上，海伦总是为他准备一浴缸的热水，这是很奢侈的享受。由于欧洲发生了新的战争——人们称之为"第二次世界大战"，将"伟大的战争"降为"第一次世界大战"，工作很稳定，他的话减少了，每天去上班，像个机器人似的。两年摇摇晃晃地过去了。

　　和姐姐断绝了关系，让海伦很伤心，但是一想到芬克，她就生气。孩子们喊着闹着，要见他们的表兄弟。弗拉写信给她，求她，进行了一番解释，说芬克是一个敏感而"深沉"的人，把他说得海伦都不认识了。这样过了一段时间，但是最后弗拉还是把海伦说服了，海伦屈服了。她劝海说，为了孩子们和弗拉，他们得改变一下态度。他们把感恩节定为和解和欢庆的日子。

　　感恩节早晨，弗拉和芬克带上他们的四个孩子，开了一辆一九三九年的克罗斯利牌汽车进城了。连芬克都很配合，尽管他很粗鲁，但是自夸说，他并不怨他们。弗拉在怀里抱着一只放满东西的篮子，姑娘们拎着蛋糕和果酱盒。农村和城里的表兄弟们马上就跑到铁路的轨道旁，去朝流浪汉露宿地的流浪汉和喷着气的巨大车头扔石头。那闪光的铁轨，显然是世界上擦得最亮的东西，让菲普斯家的表兄弟们感到害怕。

"你们有一分钱的硬币吗？"巴斯特问。表兄弟们摇摇他们来自穷乡僻壤的脑袋。

"太糟了。你们要是放一个在铁轨上，瞧，火车一来，就把它碾扁了，变得又大又薄。"

"是的，"亨利说，"这还不算数。我们学校一个孩子，叫沃伦·麦吉的，还把腿给截掉了。他正在枕木上跑，火车来了，他妹妹朝他大声喊叫，让他走开，但是他绊了一下，火车就把他给轧了。"

"他死了吗？"

"没有。他在家上学。老师去他家里。他搞了个轮椅，他妹妹推着他到处走。"

"他有没有说很疼？"

"你觉得呢？当然疼了。"

屋子里充满了馅饼和炖内脏杂碎卤的香味。海伦在极小的后院里养了两只火鸡,提前两天就把它们宰了,拔了毛。七点钟就放进了炉子准备下午三四点钟好吃。弗拉带来了配菜和调味品——腌制的黑胡桃、红胡椒末、醋饼,还有一盘海蒂·贝利,这盘菜是她和海伦在曾祖母家过感恩节时吃过的。

"你从哪里弄来的秋葵!"海伦感到很惊讶。弗拉得意地一笑,最后承认是远方的一个表亲邮寄过来的,寄到的时候豆荚还能用。女孩们和妇女们在厨房里干活,揉面做面包,把胡萝卜和卷心菜擦成丝做酸卷心菜丝,做芹菜卷和萝卜花,把橄榄泛红的一面朝外,排在盘子里。与此同时,大家都漫天地聊着,别人跟都跟不上。海和芬克一开始是谈政治,两人都不喜欢罗斯福,是他把大家拉入了这场与希特勒的战争。芬克吹嘘他的克罗斯利车,他说这辆车用一加仑油可以跑五十多英里。海说,煤矿的作业正在发生变化。

"他们为他们所谓的露天开采安装了这些机器,逼我们这些老人失业。"

"是啊,"芬克说,"我觉得,去油田才是该走的路。我认识一个人,两年以前,他干上了这一行,现在他很成功了。"

"你还在捕马吗?"海问。

"是的。不过不像我们过去干的那么多。瓦基去蒙大拿以后,我同托尔伯特一起干了一阵。所以现在我赶了不少马。很有趣的,不再伤害它们了。得避开那些找油田的地质学家。现在，沙漠上到处是那些杂种。你应该到我们那里去，离开那个地洞一阵。你以前会扔绳索。对你有好处。"

他说，当然对他会有好处。他恨死了在地下干活。他说他会的，在妇女们喊他们去吃晚饭前，他已经同意在下周末同芬克一起出去骑马。

"只要不下暴风雪。现在哪一天都可以出发。"

"我们在九月份曾经罢工过几天。"

"我有一匹很好的马可以给你骑。一匹鹿皮色的小马，两年以前来自链湖。脑袋往上一甩，真有点高傲的样子，所以我们叫它'沃伦参议员'。"

海放声大笑。

这次追猎让人心旷神怡。他一直在想念那刺骨的风、崎岖的山区和禁止人们攀登的悬崖、马匹的气味、远处在放哨的警惕而又紧张的叉角羚、伴随着马匹嘶鸣扬起的尘雾。芬克张开了双臂。他们跟在那群马后面，朝东北方向抄了个近路绕到它们前面去，但是躲在两英里外的高地后面不露面。他们同托尔伯特的两个大儿子一起去的，海骑着沃伦参议员，他以前用的绳索已经卷好，准备好了。芬克在随意交织的艾草和金花矮灌木的崎岖地带的中心设了个陷阱，将马群引进一个四周是石头墙陡坡的平底直壁的箱状峡谷中。但是即使海很喜欢那不平坦的土地,他也能看出,在他挖煤的两年中,这里发生了变化。在过去没有篱笆的地方竖起了篱笆,那条古老的白月亮小道变成了农村公路,铺上了电缆管道,挖了阴沟。艾草和棉白杨上有一缕缕羊毛,因此他猜想那些牧羊人把沙漠当成他们的羊群的过冬地。

一走进陷阱区,芬克和托尔伯特兄弟就从马上跳下,跑过去用三根很粗的缆绳将出口处关上了。他们能听见那些马在陷阱底直接撞到了石头墙。那匹老种马愤怒地尖叫着,他们在陷阱口都能看见那些发疯的马想爬上无法攀登的墙时踢起的尘雾。而且,不知怎么搞的,几乎令人无法相信,一匹马爬了上去,并开始朝西跑去。

当时,在外边,只有海一个人还骑在马上。他自动地追了上去,沃伦参议员也很懂事。逃跑的是一匹年轻的枣红马,它受了伤,而且已经精疲力竭。爬上那面三十英尺的陡峭的墙消耗了它许多精力。海做了一个套索,在离陷阱一英里的地方把那逃犯套住了。但是那匹极其害怕的发疯的马靠着体内保存着的力量,简直就是拖着沃伦参议员往前走。前面隐约出现了一个新筑的篱笆角。那匹野马急速地闪开了。这次突然的转向将那根旧绳索挣断了。那匹枣红马踉跄了一两步,就跑开了。绳索那头飞了回来,卷住了沃伦参议员的脚踝。参议员开始弓背跃起,绳索缠在一起,越勒越紧。海看见那篱笆越来越近,他不想被它刺伤,就从马鞍上跳下来,摔倒在地,滚了起来。就在他在地上滚的时候,沃伦参议员飞起的后腿猛击了一下他的大腿。

过了一分钟,托尔伯特的一个儿子赶到了那里,抓住了参议员的缰绳。芬克和托尔伯特的另一个儿子策马飞奔过来。

"见鬼,我没事,"海说,"一切都很好。只是我的腿有点折了。我想我现在可以有段时间不干活了。"他大笑了一声,芬克同他一起笑,知道他伤得不重,放心了。托尔伯特家的两个儿子茫然地坐着,脏兮兮的,一言不发。

"好吧,就躺在那里。"芬克说,"我去把克罗斯利开过来,我们把你送到城里去,把那条腿治了。"

"除了躺在这儿,我也不能干什么了,"海说,"我保证不会逃跑。"

芬克去开他的车,托尔伯特家的两个儿子过来蹲在海的身旁。他们抽烟,也为海点了一支。那个大哥掏出半瓶威士忌,递给他;海喝了一大口。

"你捕马捕得真棒。你的绳索一定很旧了,对吗?"

"见鬼,是的。我有两年没用了。人们说,一根绳索要是一年不用,它的力量就会减去一半。那匹老马爬墙爬得怎么样?"

过了漫长的一小时,芬克开着克罗斯利回来了。他们把海搬进了后座。托尔伯特家的儿子没地方坐,就回到捕马的陷阱那里去了。活儿还是要干的。

在去罗克斯普林斯的路上，海一直在开玩笑并哈哈大笑，说他过了美妙的一天，说他不等露天开矿的机器到来，就会离开煤矿，重新同芬克一起去捕马。

"先在家门口停一下，"他说，"我要告诉海伦，我没事儿，否则她会去医院折磨所有的人。"

芬克把车停好时，海伦走到门廊处。她脸上露出女人害怕的神色。她倚进去，盯着芬克，没看到后座上的海。

"出什么事儿了？"她知道芬克要是单独来，情况就不妙。她过去对她姐夫的不满又重新升起，爆发出来了，这个人对他周围的所有人都造成过伤害。

海从后座上喊了一声，说他很好，她哭了一会儿说，他们刚才那一下真的唬住她了。

"在医院里，他们会把腿治好的，芬克会把我送回来的。晚饭吃什么？"他大笑了一声。

在医院的急诊部入口处，芬克把车停在门旁，走了进去。他花了十分钟才找到人。他带来了普伦姆沃思医生，他的嘴很小，微笑时只露出两颗牙,还有个斜眼的护士和一辆推车。医生打开了克罗斯利的后门,拉了一下海的胳膊。

"没事儿,兄弟,我们会把你治好的。"他用他那刺耳的声音说着。他又拉了一下,转过身来对着芬克,"我想,你说他情绪很好。我想你说他是清醒的。"

"天哪,他是这样的。马踢了他的大腿,就这么点事。我自己被踢过一百次呢。来的路上一直在说话和大笑,还开玩笑,几分钟以前还停在他家去看他妻子呢。"

普伦姆沃思医生半个身子探到后座上,为海做检查。

"嗯,他现在不开玩笑了。他死了。马踢了他一脚?我可以断定……"

海伦又听见芬克的克罗斯利停在外面了。她想,这也太快了。咖啡还在滤煮着,她正在热一下炖羊肉。她给芬克开了门。他站在那儿,扭动着嘴巴,感伤地低声说着什么"血块"之类的话,然后用他那双呆滞的大眼盯着她。她的脑中乱成一团,就像一盒子被丢弃的小提琴琴弦。文明消失了,绷紧的肌肉、起伏不平的呼吸、鼓出的喉头和弯曲的手指说出了语言无法表达的心情。她已经知道了芬克还没有说,也不必说的事。

于是她砰的一声,对着他的脸把门关上了。

一个血迹斑斑、滑溜溜的大碗

在建造我家的住宅时，建筑工人挖出了一个古老的火炕。碳14的化验表明它具有两千五百年的历史，比印第安人有马和弓箭的时代还要早好多世纪。其他的火炕、附近的圆锥形帐篷的环形轨迹、投射点和一个燧石采石场，都证明印第安人早就居住在这片土地上了。在住宅的正对面是一面石灰岩的悬崖。悬崖边上的一条赶牛小道可能在古代就有了。对那个时代和打猎的想象造就了这篇小故事。

夜晚熟悉的各种声音和睡意渐渐地远去。几个男人马上就醒了过来，用手肘将身子撑了起来，倾听着那变化。那凉爽的空气预示着秋天的来临。在清灰色的洼地里，郊狼在争论。岛上一只吃撑了的猫头鹰在鸣叫，那河水在阳光照射下的石头中间潺潺地流着。但这些都是普通的声音，惊醒人们的不是这些声音，而是一阵沉静，某种声音的停止打扰了他们的睡眠。那位萨满教的教士停止了吟咏。他一夜又一夜的持续而单调的祷告声和祈求声曾经是这伙人进入梦乡的庄严的背景。他那召唤、劝导的声音已经成为生活中的基本要素，就像蚱蜢的翅膀发出的唧唧声，或者是飞鹤如树枝摩擦般的叫声。由于在祈祷的仪式上禁止进食，这个老人已经骨瘦如柴，他的声音也已经变得几乎听不出来了。但是他现在安静了，任务完成了，激动之情涌入了寂静的真空。

那些一下子醒过来的男人都是猎人，他们竖起耳朵去听那听觉的消失点，这些声音对大家来说太遥远了，只有内心的耳朵才能听到。增肥的需要，为悄悄地向他们接近的饥饿的冬天储存食物的需要，让他们对大自然的细微变化特别敏感：空中飘过的大片云彩就像手指在皮肤上划过，在平静的空中一片小草叶子的颤动表明了地底下的移动。有些人根据海草的咸味，就能说出，来自远处海洋中的暴风雨何时将到达。棉白杨有些树枝上的叶子已经变得很黄；最早的霜冻迫在眉睫，就像尚未落地的薄薄的雨幕。

在他们的叹息和心跳声中，他们感觉到了地球深处野牛的吼声，这种咆哮震动了基岩，预示着人们期待了很久的事就要发生了。萨满教教士的沉默让这种预示成为对血和肉的热切的期待，因为在全世界漫游的野牛，确实是在朝他们走来。

这些人起床，到外面的三齿蒿丛中去撒尿，凝视着天空获取信息。黎明前的天空沉闷而无色，似乎被擦鹿角的工具磨过似的。它不说明任何问题。这将是一个炎热的、令人难以喘息的日子，确认夏天还压在他们头上，就像一只气喘吁吁的狼咬着一根血淋淋的骨头一样。

猎人们相互询问，多少头？关键是要知道多少头。

多年来，总是有一群牲口来到离悬崖不远的地方，由于以往的一个夏末出现过这种情况，那群人知道这种情况会再次出现，所以继续到悬崖边上来扎营。那条河流淌在他们的营地和那苍白的石灰岩的悬崖之间。当时是夏末，灼热的阳光蒸发了所有的雨云，让河水仅能掠过沙石。在悬崖底下有一长条满是灌木的土地，对面是陡峭的碎石坡，由千年来破裂的岩石的碎片堆积而成。上一次，那些被赶过来的牲口掉入了陡得吓人的烟囱里，有些最后沿着碎石堆的斜坡滚下去，其他的就堆在上面，一大堆四脚乱踢的血肉之躯。那些女屠夫拿着她们的双刃燧石刀、剥皮和切片的工具，就朝它们冲去，将牛杂碎扔进狼吞虎咽的河水中。

从河南岸的圆锥形帐篷往外望去，人们能看到的就是悬崖上的一切细微之处，以及生活在山里或山上的动物和鸟类的生活。一小群山羊在放牧地以外的高地上走动,有时高傲地朝下凝视着他们,有时一动不动地挤在一起,像一些苍白的拳头。一对老鹰和它们的两只已经长大的小鹰在悬崖上空的上升气流中玩耍,它们微弱而流动的叫声召唤人们去祈祷。一般来说,年轻人总是想方设法地要抓住它们,拔下它们的羽毛,但是他们也请求老鹰把他们想要成功狩猎的愿望带给神灵们。当老鹰们在空中分别,向四个神圣的方向飞去的时候,那激动人心的时刻让一阵阵凉意流过他们的脊椎。从来也没有过这么强烈的预示未来的迹象。

有一个猎人,现在已经成年,但上一次野牛被赶过悬崖时,他还是个孩子。他在春天梦见,今年野牛还会来。它们会穿过东面的山口。他知道,它们会来,黑压压一片,从它们的深洞里出来,拥入阳光,将粉末状的泥土变成尘雾。他梦见他孩子们的嘴边流着喷出的鲜血,又滑,又带着力量,那又滑又嫩的新鲜肝脏,刚从几分钟以前死去的野牛身上取下,还热着呢。他梦醒的时候,口中还有肝脏和多汁的胆囊的味道。那个萨满教的教士还记得上一次狩猎的情况,说这个人的梦是真实的。

这个猎人对好多个季节以前的那次屠杀的逼真记忆,引起了其他人的注意。他们圆锥形帐篷的皮已经很旧了,而且打上了补丁,所以,他们在初夏就长途跋涉,来到了那个边缘地区。除了野牛要来,还有其他理由：在某个洼地里长着数不清的美莲草，春天妇女们用鹿角尖去挖它的鳞茎；附近还长着藜科植物和沙漠芹属植物，在沙丘周围有印第安落芒草，河里有鱼、河狸和水貂；河边有叉角羚和鹿来喝水，悬崖上有山羊。在这富饶的河边栖息地里生活着无数只鸟和成千上万只小动物。

在悬崖顶上的那块大斜坡上，成年和未成年的男子们用堆上去的岩石、暮色中都能看见的白色的大块石灰石加固了原有的石子路。在西边标志着边缘的锥形石堆旁边，猎人们还为萨满教教士挖了一个藏身的洞，他会通过祈祷和他的笛子诱惑的声音将野牛引诱过来。等他们把活儿干完的时候，那些石堆从悬崖顶上一直排到遥远的山口。野牛会从那个方向过来。这是唯一可能的方向。在悬崖顶附近有一片长满了灌木的洼地，那是美莲草斜坡的顶端，它折向道路向内弯曲以挤压牛群的那个地方。在那些动物沿着陡坡往上攀登时，两侧的赶牛人会从地洞里、从藏身的三齿蒿丛里走出来，逼得它们惊慌失措。如果牛群开始改变方向，朝洼地里躲，那么藏在地缝里的男孩子和年轻人就会站出来狂叫，必然会迫使它们转向洼地的边缘。与野牛的这种拼死赛跑，是危险而美妙的。早些日子就是这么干的。他们会再次这么干。他们生来就是干这个的。

有些人到沙丘那边的山脊喷发出来的燧石地带，把那些他们想要的外面裹着白色含钙泥土的结核①弄出来。他们会把它们搬回营地，越多越好，把它们埋在土里，上面生上火，慢慢地加热，让燧石变得光滑好用。过一阵，他们就可以用加工过的燧石打成做刮刀、梭镖和刀片的好材料。

在上次猎牛时还是个孩子的猎人又发话了，其实他已经说过多次了，说起大斜坡底下的那些沙丘，说赶牛人应该利用风向，不要让自己被看到，而是利用陌生的人的气味将那些嗅觉很灵的野兽引到路上去。在野牛没来，或者来的牛群太小没法往一起赶的毫无收获的年代里，其他人也听说过这些话，并见过那地方。这个猎人再一次告诉他们，躲在三齿蒿丛、獾家和草原犬鼠堆的土堆后面吓唬牛的人，是如何在关键时刻从地里跳出来面对那些野牛的。那些吓坏了的牛失去了理智，成了盲目向前冲的疯牛，踢起岩石和一团团叶子细长的莎草，其黑色的根部就像淹死的人打结的头发，踩踏着蛇和蚱蜢，有些绊倒了，另外一些牛从那些徒劳地试图站起来的牛身上冲过去。它们已经不是野牛，而是肉团了。多年以前的情况就是这样的。

那些猎人又一次相互提问，有多少头？关键是要知道有多少头。

两个年轻人说，他们会去找那个牛群，了解它的数量、行动的方

---

① 结核（nodule）为地质学用语，此处即指"燧石块"。

向和速度。一个才过了十个夏天的小男孩要求和他们一起去。在婴儿期间,他的耳朵给冻坏了,那冻坏了的耳朵令他的外貌看上去像只野兽;他是小马默特。他们踏着速度很快的小跑步往东,朝山口北面的山区跑去。那群牛的数量是不是多得足以吓唬它们?数量少了不会形成大规模的歇斯底里。可是圆锥形帐篷的皮已经老化了。

那些年轻人回来的时候天色已经很晚了。他们绕了一圈,从峭壁较矮,很容易走到河滩和远处营地的北边回来。当他们还在高地上时,看到下面的营地受到直射在薄薄的地球表面的阳光的挤压,强烈的阳光令人头昏目眩。那光线似乎在撕扯着那些圆锥形帐篷,将它们拉松,让它们升入全是颤动的微粒的天空中。明媚的阳光为人们提供了极其清晰的景色。几个星期以后,秋天野火的浓烟会玷污并抹去山景,越来越大的风会带来烟灰和尘土,但是现在,宁静的空气就像纯净的水,一切都像泉水底部的卵石一样清晰。他们听见了一个细细的声音在颤颤升起,就像红隼盘旋在它的猎物上空时发出的声音。那位年老的萨满教教士吃了饭,睡了一觉,又有足够的力气来吹笛子了,即使在那时,这声音也必然在将野牛吸引到他们这边来。

那个冻掉了耳朵的孩子,在朝下看着营地的时候,能够看见小狗耳朵边上的那一溜闪光的毛。在他凝视的时候,那个萨满教教士的圆锥形帐篷似乎抖动起来了，失去了坚固的轮廓，变得像刚结成的冰那么透明，让他能看见里面的一切。他能看到这群人神圣的宝贝，在遥远的过去就已经传给了他们的一只深深的石碗。它具有柔和而又闪光的灰色，上面有浅色和深色的条纹，人们说，这只碗摸上去是滑溜溜的。每一次猎牛成功，就要用油脂擦它一次，而石头的颜色会变得更暗。这只碗散发出能量。它渴望血。它需要油脂。它非常重；即使里面是空的，也需要两个人才能把它拿起来。因为它是一种精神财富，也因为它有能量，所以他们上路时，要用白色的鹿皮将它包起来，再用圣洁的草本植物捆上，由狗拉的无轮滑橇拉着。小马默特能够感觉到它那灰色的力量正在将野牛拉得更近，那只碗渴望鲜血溢过它冰冷的碗边。

那几个年轻人和那个孩子告诉猎人们，野牛群正在朝着斜坡慢慢地移动。这群牛很多。这三个人将他们的手指伸出了六次，来说明究竟有多少。笛声在吸引着那些牲口。它们已经不由自主了。它们正向这边走来。清晨，它们就会来到坡地上了。

现在该聚集在一起研究野牛来时的队形和颜色了。其他的都不重要了。妇女们检查了一下她们圆锥形帐篷上的兽皮，计算着需要多少张新的兽皮。等待中的男人用凉下来的燧石打成又长又细的芯子。有人从西北边拿来一块很好的黑曜岩，那块闪光的黑石头对于他的触摸，就像儿子对老子那么顺从。他们做好并修好了投镖，在剥皮的工具和刀子上凿了新刃。那些年轻人激动到痛苦的程度，要在夜色来临之前就埋伏在那条小道旁。猎人们告诉他们，早上去也来得及，野牛要到太阳高照之时才会来到大斜坡底下。在这种打猎中，关键是要有耐心。尽管如此，许多人还是彻夜难眠，心急燎地等待着早晨的到来。在去悬崖顶之前，猎人们跟在萨满教的教士后面，将那只血迹斑斑、滑溜溜的大碗搬到了野牛将倒下的屠宰场。他们小心翼翼地把它放在一块有鹰毛标志着的平整的大石头上面。

当他们爬过悬崖顶时，他们能看见那群牛在斜坡底部附近。前一天晚上野牛已经到过河边，喝了大量的水，现在正在从大量饮水引起的懒散中恢复过来。风从西北方向吹来。萨满教的教士走到西边锥形石堆附近的斜坡上，开始吹笛子来呼唤牛群。男人和男孩子们在那条小道旁各就各位，有的躲进沙丘，有的藏在穴居动物堆起的碎石堆后面，有的钻进美莲草洼地里。太阳在炎热的天空中移动，野牛缓慢地信步往斜坡上方走去。它们走过沙丘，躲在那里的猎人淡淡的气味间接地传向它们，刚好让其中的几头感到有点不安。有几头公牛抬起了脑袋，似乎想闻得清楚一些，但是整个牛群还是在边吃草边往上走。

当它们走过沙丘，走到离悬崖边一定距离的关键位置时，躲在小道后面的大人和孩子站了起来,喊叫着,挥动着鹿皮,朝野牛群的侧翼冲去。受惊的牛群转向西面,二十个大喊大叫的人站了出来。前面的牛开始奔跑,只要一头开始跑,所有的牛都跑了起来。在喊叫着的孩子和大人从侧面进攻的情况下,牛群挤在一起,成了一个整体,愈跑愈快,直到它们张大了眼睛,但什么也看不见地往坡上飞奔,相互冲撞,变成了一头有千百条腿的极大的动物。

在山顶附近,藏在西面拐弯处洼地里的最后一批猎人跳了出来,迫使野牛在飞奔中挤得更紧,无法避免疯狂的冲撞。有一个年轻人冲得太近,被吸进了滑坡的牛群。最前面的一些牛吼叫着冲过了边缘,将大块的石灰石踢了下去,自己也掉了下去,无法控制地飞了下去,它们在空中翻滚时,它们的腿还在跑。岩石同野牛一起纷纷落下,发出地震似的撞击,扬起了令人窒息的尘雾。猎人们听到在摔坏的野牛渐渐消失的吼声中妇女们的尖叫声和激烈的喊声。牛群中最后一头牛摔了下去,猎人们才敢接近崖边。

有些牛摔在一根突出的壁架上,尽管它们的腿摔断了,或者骨盆粉碎了,它们还想站起来。已经有几只喜鹊在撕扯裂开的伤口,乌鸦们在螺旋形地下降。大多数野牛都已摔到或一路滚到碎石坡上,给撞死了;有些已经被妇女们开膛了。等在山脚下的男人们用矛和石斧将那些幸存者杀死。得赶尽杀绝,因为它们会把这个看不见的悬崖的秘密告诉其他野牛的。

在崖顶上，猎人们发现了那个离奔跑的牛群太近的年轻人被踩踏的尸体，此时已变成血淋淋的一团烂泥了。他妻子对这次屠杀不会感到高兴的。但是这消息还没有传到她耳里，她正同其他人一起，在削、撕、割开还在跳动的喉咙、将血装到鹿皮袋子和瓦锅里。猎人们渴望吃到油腻的好牛肉，开始从离那里有些远的一条陡峻的悬崖小路爬下去。

那只血迹斑斑、滑溜溜的大碗还放在鹰毛岩上。妇女们用小一些的容器装着还冒着热气的鲜血，倒进去，这只石碗里的血就越来越满。那个冻掉了耳朵的孩子就站在旁边看着。然后，它装满了，满到那鲜血的凸面略高于那只碗的边缘。一阵微风掠过这表面。那满满一碗鲜血和随之而来的仪式交织成他一生的存在体悟。老鹰们在头顶上愉快而温柔地叫着，老的一对滑翔下来吃一头摔死在高高的壁架上的牛。没有人怀疑，那些鸟还记得上一次赶牛的情况，下一次还会来帮他们。

沼泽地的不幸

那是一个明媚的夏日早晨，看来是要打破所有高温纪录的一天。魔王坐在他防火的金属书桌旁，抽着哈瓦那雪茄，喝着浓咖啡，在看《纽约时报》《卫报》和博茨瓦纳的《幸存者》(石棉版)。他叫他的私人魔鬼秘书杜安·福克把窗子打开，好让他欣赏一下地穴里刚升起的滚滚的硫黄以及一直延伸到地平线的几千个精炼厂、拆船坞、油井和沼气池。墙上挂着一块钢板，上面雕着喀拉喀托火山爆发的负片影像。他抽完雪茄、喝完咖啡、看完报以后，就查看他的电子邮件。同往常一样，除了斯帕姆午餐肉供应商保证提供一个更大一些的阴茎、热汤、减价的办公用品和一定能减肥的东西以外，没有任何人发任何东西给Devil@hell.org。

"杜安！"

"是的，先生？"杜安·福克半是秘书，半是管家，为人谄媚，却又很无礼。他体形笨重，穿着翻边的裤子（在他穿裤子的时候），长着一对浣熊的眼睛，走起路来就像在爬上断头台的台阶。同许多走路蹒跚的人一样，他拼写很差，而且有时非常笨拙，坐下去时会坐不到椅子上。

"去找些电子邮件来。"黑暗之王说。尽管魔王自己难得收到任何信息，但他曾经命令那些在永恒的烈火中烧烤的电脑黑客从人世间收集一些陌生人的电子邮件。自从他将有关蒸汽茶壶的观察结果塞进一个年轻的苏格兰发明家①的脑海中以来，最近几百年他一直无所事事，只能等待，所以感到很无聊。茶壶的顿悟，将一个物种——一些自私而聪明，难以控制冲动，适合于打猎、收割和搞点农业的家伙——推向了迅速脱缰的残酷无情的技术文明，让他们跌跌撞撞地走向末日。

"几百年以后，他们全都会来这里同我相聚。"他喃喃地说。他在等待那自行到来的丰收日期间，就利用操纵那些人来自娱自乐。他爱慕时尚，尽可能地去参加许多设计师的发布会。是他赋予人们灵感，让他们创造出了阿尔冈昆人的冻屁股的围腰布、极重的维京海盗"两难"钢盔、能造成肠萎缩的鲸鱼骨制成的紧身胸衣，还有最近的透明尼龙薄纱男裤。他最喜欢马诺洛·布拉

---

① 指发明了改良蒸汽机的瓦特。

尼克①，还预订了一套房间，准备给他住，里面有虎皮地毯、银制配件、海雀毛的被子和铅晶玻璃的细颈盛水瓶。这套豪华公寓装有加热到华氏一百四十度的地板，在宽敞的衣帽间里摆着主人自己设计的男式鞋子。如果一切顺利的话，魔王已经标明要他接受魔鬼训练。

魔王更喜欢的一种娱乐是阅读他人的电子邮件，并采取相应的行动，就好像这些邮件是发给他的，愉快地造成一波又一波灾难和混乱。黑客们提供了检索服务，可以暂缓对他们自己的烧烤，而魔王享受着从事重要事务的快感。

"是的，先生。什么类别——普通邮件、世界银行的邮件还是政府邮件？如果是后者，哪些政府？"

魔王打开了他的许多足本大辞典中的一本，闭上眼睛，将手指放到一页纸上，随意地选了当天的类别。他指的是"鸟类学家"。

"太妙了！就给我冰岛……还有美洲的鸟类学家的电子邮件！"

"包括加拿大吗？"

"今天不要加拿大的东西。我不喜欢他们的所谓客套。给我西部地区的邮件。"自从魔王注意到一些爱慕虚荣的牛仔把脚塞进小小的

---

① 马诺洛·布拉尼克（Manolo Blahnik），1942年生于西班牙，时装界的传奇人物，被誉为"世界上最伟大的鞋匠"。

高跟靴子以来,他就觉得自己是个西部人。这种时尚很适合他的蹄子,他就收集了一些难得的靴子,上面饰有干草杈,在鞋面覆盖足背的部分有熊熊的火焰升起,林林总总,与他许多条波洛领带①相配。(怀疑魔王的西部身份的读者,只要看一下地图:在蒙大拿有魔王螺丝起子,在爱达荷有魔王床架,在科罗拉多有他最喜欢的魔王扶手椅,在加利福尼亚,当然是魔王厨房了。他的装满了火热的擦身沙子的浴缸,可以在亚利桑那州找到。)

事实上,他是比较讲究穿着的。坠入地狱以后,曾经是最美的天使的魔王,就变得让人认不出来了。他那红润的皮肤变成了坚韧的灰色鲨鱼皮,还经常会变成厚厚的黄毛、鳞片和宽大的脚指甲,变成很厚的红色兽皮或者布满疮痂的暗蓝色。他的虚荣心促使他偶尔会在活着的画家面前显形,他很高兴,在全世界墙上挂的画里面,他长着鹿角、叉角、獠牙、爪子、蛇发、软软的茸毛、淌着口水的红嘴唇和山羊的眼睛。在他的主衣帽间里挂着各种颜色的美观又光滑的毛皮。几大抽屉没有羽毛的翅膀,被整齐地折好,放在那里,其中有许多是用不锈钢和其他材料,诸如聚乙烯或用胶水浆硬的粗麻布制成的放大的蝙蝠翅膀。最底下有个上锁的抽屉,只有他有钥匙,里面放着他过去曾在

---

① 波洛领带,是美国西部人戴的一种有饰扣的线编领带或皮领带。

天堂里待过的唯一纪念品，上面遮着一块薄纱，那是一对精美的蝴蝶翅膀。两位画家，希罗尼穆斯·博斯①和老勃鲁盖尔②，虽然没有见过它们，却根据梦中的形象将它们画出来了。杰克逊·波洛克③也梦见了魔王的翅膀，但是那张画遗失了。

那天的一批电子邮件中，冰岛的鸟类学家之间没有多少通讯，但是在美国西部，却有相当大的收获。大多数信件讨论的是即将召开的鸟类专题讨论会，主题为羽毛延迟成熟的演变。他的眼睛发亮了，因为除了时装表演、摇滚音乐会、露天游乐场（是他向维柳玛斯·马利诺斯卡斯④提供了"斯大林世界"的构思）之外，他就喜欢专题讨论会。他在日历上记下了日期。

① 见55页注①。
② 老勃鲁盖尔（Brueghel the Elder，约1525—1569），荷兰和佛兰德斯文艺复兴时期最有影响的画家。
③ 杰克逊·波洛克（Jackson Pollock，1912—1956），美国画家，抽象表现派主要代表。
④ 维柳玛斯·马利诺斯卡斯（Viliumas Malinauskas，1942— ），立陶宛企业家，于2001年在格鲁塔斯造了一个占地三十英亩的苏维埃雕塑花园，附近的居民将之称为"斯大林世界"。

一个国家公园的生物学家发的一封邮件引起了他的注意,这个人自己的签名是阿尔戈斯。魔王想起了奥德修斯①的那只狗阿尔戈斯,在它的主人经过艰苦的长途跋涉归来之后,唯一记得他的就是那只狗。魔王知道人间大多数历史学家不知道的事,阿尔戈斯从来就不喜欢奥德修斯,它没有朝他微笑和摇尾巴,而是张开了它的黑嘴,吼叫着。

这位鸟类学家阿尔戈斯的邮件是发给一个名叫詹姆斯·托尔伯特的人的。

吉姆兄,你好吗?这里情况很糟。有几次我真想把伯顿扔进卷笔刀里。又开了三个小时讨厌的管理人员会议。他们大家对待我的态度就好像我是个门房似的。伯顿对那个研究狼的生物学家、研究美洲狮的生物学家、研究熊的家伙又是鞠躬,又是拍马屁。而我呢?我只是个研究鸟类的家伙,无权无势。重要的是那些同能杀人的大动物打交道的人。我需要的是一只危险的大鸟。我会

---

① 奥德修斯(Odysseus),古希腊荷马所作史诗《奥德赛》中的主人公,特洛伊战争领袖之一,曾献木马计,使希腊军获胜,后经十年海上漂泊才回到故乡。

卖掉我的灵魂去换一只翼手龙。到那时,他们就会注意我了,肯定的,特别是在一两个游客被抓走以后。

"Carpe diem①!"魔王说,"杜安!"
"是的,先生?"
"你对翼手龙有多少了解?"他把"翼"字念得非常清晰。
"我想,翼手龙是某种会飞的恐龙,先生。我想,它生活在侏罗纪。"
"当然了。伟大的时代,侏罗纪。去把背景信息挖一些出来。一开始我们没有让它们长羽毛吗?"
"我不知道,先生。那是我出生以前的事。"
地狱研究部门送来了一个厚厚的信封,魔王就翻阅那一大堆骷髅和模型的照片。
"这倒有点像我的表亲。"他瞥了一眼自己在装有镜子的烟灰缸里的形象,"好了,让我们瞧瞧。也许我会给这个阿尔戈斯几只翼手龙。譬如说,一开始给四只左右。去找一个过去给英国广播公司拍科普片的女人来,这样我们可以找出翼手龙吃些什么。我们也许得重新布置阿尔戈斯的公园里的某些栖息地。"

---

① 拉丁语,意为"抓住时机"。

那个拍电视的女人，马尔薇娜·斯普劳特小跑着进来了。她散发出头发烧焦的气味，她的手和胳膊被煤烟熏得漆黑。

"先生？"

"你知道翼手龙吃什么吗？"

"翼手龙？这是考试吗？如果我答对了，我能休息一下，不去喷火了吗？"

魔王吓人地皱起了眉头，那女人向后退了一步。

"我不能肯定。也许是蕨类植物？苏铁？我觉得是吧。"

"它们不吃肉吗？"

"我说不准。这是很久以前的事儿了，在这里我没有任何资料来源。我们从来没有对翼手龙进行过多少研究。"

"好吧，回到你的喷火器那里去，姐妹。"他弹了一下手指，整理了一下他的钢丝网眼领带，"杜安！"

"是的，先生？"

"去看一下我们这里有没有研究恐龙的人。给我找个专家。再查一下动物寓言集，看看我们手头有没有翼手龙。"他呦了一下他的尾巴尖儿，来提一下神。（有关地狱的图像资料往往把魔王的尾部顶端画成鱼叉形的刀片，这是近年教会历史学家传播的一个错误信息。事实上，魔王尾巴的顶端装了一只象牙雕刻的塞子，因为那根尾巴，就像图卢兹-劳特累克①的手杖一样,是空的,可以盛各种液体和佐料。魔王一直在他的尾巴里装着上好的西班牙白兰地。)

召来的专家布雷斯莱特·奎恩不是最可靠的权威,因为他是通过剽窃和欺骗而获得他在魔王的文火慢炖的沥青坑里的位置的。他对翼手龙或其他任何已灭绝的生物都不了解。但是他从未抛弃一贯的花言巧语的习惯,于是就夸夸其谈起来,仿佛他在这方面造诣极深。

"它们吃什么?嗯,现在就让我们来瞧瞧。"他停顿了一下,为了加深印象,"我会说鱼,它们吃鱼。"又停顿了一会儿。

"蛇。"他沉默了近一分钟,"还有鸭子和鸟。昆虫——您知道,是侏罗纪的大蜻蜓——很可能,还吃一些植物。苏铁。"

"苏铁,是吗?"

"是的。苏铁,有点像大胡萝卜。"

"记下来,杜安。"

杜安就写了"蝉"②。

"栖息地是什么样的?"

① 图卢兹-劳特累克(Toulouse-Lautrec,1864—1901),法国画家,后印象主义的代表人物之一。
② 杜安把"苏铁(cycad)"错写成"cicad",最后变成了"蝉(cicada)"。

"沼泽地。泥泞的、潮湿的、大面积的沼泽地。还有浅海。很热、很潮的气候。"现在,这位教授吹起牛来了,"它们在海面上掠过,抓鸭子和飞鱼。那里会有许多棕榈树和巨大的杉叶藻,还有大胡萝卜。"

魔王显得闷闷不乐。将几棵仙人掌和几只蝎子扔在一起,是一回事儿,但是一片内海和大面积的沼泽地则需要先进的工程技术,而且几乎肯定要重新安排年度预算了。不过,他掌握着所有那些修建州际高速公路的工程师,可以让他们去干。也许他们能够撇开内海,只要沼泽地就能行。而且,即使发生了最糟糕的情况,他还可以采用备选计划,就是有点滥用职权了。

"El visible universo era una ilusión[①]."他引用了博尔赫斯的一句话,"好吧,现在回到残缺书籍部去吧,教授。快去买来!"他的食指发出一道灼人的绿色光芒,射向那位学者的左臀。

第一个发现异常的人是来自密苏里的一个退休的养猪农民。他从公园里走出来的路上看见一个护林员正从他的高筒靴子的靴底上刮狗屎,就站住了,同他聊天。

"你知道,有一阵,我以为我是在密苏里呢,那里全是蝉,就像

---

① 西班牙语,意为"现有的宇宙时代是一种错觉"。

在家乡的马克·吐温国家森林里一样。我原来以为，你们这里是没有蝉的。"

"我们没有蝉。你是在哪里看到它们的？"

"不是看到它们，而是听到它们。成千上万只。就在那沼泽地里。在老家，它们不是生活在沼泽地里的。"

"沼泽地？"

"是啊，给你看地图。"他指着北边的一个角落，一条小溪将两个湖——大格拉莫丰湖和小格拉莫丰湖连接起来的地方。

"我原来想在这些湖里钓一会儿鱼，所以搭了便车过去了。可是那里没有湖了，全是沼泽地。我在那里看到了一个牛仔，就问他，可是他一走了之。我想，你们这里旱得很厉害吧？"

"是有点旱。"护林员说，心想，才两个星期以前，湖水都涨得很高很满的。也许这个人走错了路。他试图回忆起那些湖附近的任何沼泽地带。

"不过，我说，你们有一些很厉害的蝉。希望你们这里会下些雨，让那些湖水能涨满了。也许是全球温室效应的缘故吧。再见。"

"Vaya con Dios①."护林员说着想了一下，觉得他可以到格拉莫

---

① 西班牙语，意为"再见"。

丰湖去跑一趟。

地狱里一片混乱。找不到翼手龙；不得不从生物学上将一种家麻雀，地狱里无所不在的那种鸟，加以改变、放大。然后，这些假翼手龙得重新命名，因为有人发现它们没有认真地长牙。

"把这些东西叫成翼手龙？"魔王很生气，他非常喜欢弗兰克·弗拉泽塔①一张画里那恐怖的、长着鲨鱼嘴的形象，"它们更像鹈鹕。给这些东西装上一些牙齿。"

那位动物寓言集的管理人经营过人间的宠物动物园。他说他认为生物的自然状态就是这样的。

"它们确实是没有什么牙的，先生。"

"我不管。我们会叫我们的牙医去种植一些。我要看到牙之后，才会把它们派出去执行任务。那个鸟类学家阿尔戈斯似乎觉得它们有大得吓人的牙齿。给它们装上。"

大多数牙医被罚到地狱里来是因为他们同接待员、助手、保健医师和进行X光检查的技术员多次私通的缘故。梅维斯·布鲁姆斯医生

---

① 弗兰克·弗拉泽塔（Frank Frazetta，1928—2010），美国插画家，主要为科幻、奇幻小说作画。

曾经纵情地享受所有这些性交的快乐，吃次甜点就同快递员勾搭上了。不过，她毕竟是一名优秀的牙医，很高兴为几只翼手龙装牙。她渴望能将这过程拍照，整理成文，寄到《实验牙科》去，这是一个无法实现的愿望，因为寄到地狱来的邮件都是给居民的账单，根本没有往外寄的邮件。这里有计算机，但是它们都给设置好了，一分钟会随机坏掉五次。

她花了相当长的时间去制定计划。因为地狱里没有牙科实验室，她不得不去说服一个蹄铁工靠敲打做出植入物。这个蹄铁工曾经是比萨拉比亚的一个愚侏病患者，一八四二年因酒精中毒死亡。很难让他理解她需要的是什么。马蹄以外的任何东西，对他来说，似乎都是无法理解的。最终，他敲出了一些还过得去的东西，布鲁姆斯医生就让一个汽车技术员去将它们的外形美化了一下。这些牙齿，比从瓦尔帕莱索自然历史博物馆藏品中偷来的鲨鱼牙化石要稍微成功一点。

那些翼手龙是很难对付的病人，必须把它们捆在椅子上。它们拼命地挣扎，由于地狱里没有麻醉剂，它们大声地呻吟着，但是布鲁姆斯医生丝毫不为从所有的角落和过道里传来的呻吟声所动。效果并不好。那些翼手龙无法使用它们的鲨鱼牙齿，老是咬自己的嘴唇。树枝和叶子老是塞在牙缝里。魔王下了个命令，让这些东西吃肉，把它们的植物拿走。

"对它们进行全天二十四小时的捕捉猎物的训练，然后将它们放到那个公园去！"魔王喊着，"趁它们还嚼得动。"

公园的主管阿米莉亚·麦克弗森、七个生物学家（包括鸟类学家阿尔戈斯）、护林人和一个脚踏牛仔靴子、戴着波洛领带、皮肤晒得黝黑的陌生人，估计是公关部门来的，聚集在沼泽地的边上。蝉鸣声特别响亮。

"这些蝉是怎么回事？"方·索瑟，那个研究狼的生物学家喊道。他是一个毛发蓬乱的大个子，鼻子像金橘，胡子蜡黄，"它们在这里干什么？"

"它们一定是引进的，"鸟类学家说，恶毒地瞥了一眼，"就像你的狼。"

"这片可怕的沼泽地，"麦克弗森主管痛心地说，"我的湖去哪儿了？"因为刚结束的空中勘测显示出一片很大的沼泽，而没有湖泊。

"那是什么？"那个研究狼的家伙看到了一只翼手龙，翅膀展开了有三十英尺宽，上面长着猩红色夹绿色的羽毛，主翼羽的边缘是黑色的，胸部有紫色的斑点，正挥动着翅膀掠过枯树朝他们飞来。

"Hilfe[①]！"研究熊的生物学家沃里克尖叫道（他是在德国长大的，

---

① 德语，意为"救命"。

当时他父亲驻扎在那里),因为那翼手龙朝他冲去。它露出可怕的牙齿,还从特大的屁眼里拉出一连串的粪便。它转了一圈,又回来了,弯着它的大爪子,要抓人。几秒钟以后,那个熊类学家就在沼泽地上飞速地掠了过去。蝉声吵得吓人。

"救救我,上帝!上帝,hilfe,救命!"熊类学家惨叫着,这时,那翼手龙将他像一只超大的烫手土豆那样扔了下来。那位生物学家一头栽进了沼泽地,溅起一堆烂泥和一些腐烂的树枝。

那家伙飞到远处沼泽地尽头的枯树林去了,他们所有的人都听见了远处树枝折断的声音,就像有什么重东西压在了干枯的大树枝上。那个公关部门的人往后退了几步,离开了这一群人。那闪烁的地平线似乎稍微倾斜了一点,就像每个观看者脑子里空间平衡的虚幻小方块滑动了一下。

"我觉得,我们刚才看见了一只翼手龙。"阿尔戈斯平静地说,感到胸口有一点点很奇怪的疼痛,就好像有人悄悄地拿了一张小纸片在他神经的某个不确定的小地方碰了一下。于是他尖叫道,"看到了一条翼手龙!这比象牙嘴啄木鸟还棒!"他开始又蹦又跳,挥动着双臂。他摇晃着脑袋,发出嘘声,做出一个人遇到难以置信的奇迹时的各种动作和喊叫。他脑海中突然闪过一丝科学疑虑,让他不作声了。

"得去把雷基救出来。"阿米莉亚主管盯着熊类学家乱踢的腿说。

她望着那片沼泽地。那黑水中长着一丛丛边缘参差不齐的青草。下面是沉在那里的滑溜溜的圆木，上面爬满了绿色的水藻。远处有什么东西扎进去了。她伸手去拿手机。

"喂，保安吗？我在外面的沼泽地旁——过去这里是湖。我说，在外面的沼泽地。这么吵？是蝉……蝉！别管它。去叫一架救援直升机来这里。我们有个人在泥坑里快淹死了，可是我们过不去。"

但是那位熊类学家离淹死还远。他的脑袋和上半身卡在防狸堤的残垣里，虽然很难撤身，但水流极少。

"这是世界末日啊。"他呜咽地说。他用德语和英语祷告，因为他是个教徒，一群狂热地相信幻觉的佩内科斯特灰熊科学家中的一员，他们每个月都要在一个动物标本剥制师的店铺里屋碰头一次。现在他大量地动用他精神银行的储蓄，他觉得，随着他的祷告，防狸堤在渐渐地退去。十分钟以后，他能把自己从缠绕的树枝中抽出身来了。他周围的沼泽地清出了一个两米的圆圈，还有一条闪光的水路，直通岸边。他抓住了一根对防狸堤来说大得反常的圆木，事实上，这木头大得可以用来做条船。

"真是个奇迹，"他说，"谢谢你，上帝。"他一边含糊不清地祷告着，一边用力地迈着步子走到岸上去了。

在岸上，阿尔戈斯正在朝远方眺望，希望能看到翼手龙飞回来。

要是他把照相机带来了该有多好。他必须把见到的情况记录下来。为了科学,他必须这么做。他发誓,要尽快升级,买一部带照相功能的手机。他焦虑地用双手去摸口袋,找到了他折叠着的薪金支票和一支不好使的圆珠笔,开始勾画他见到的或者是他以为自己见到的粗略的印象。

那位主管又在打电话了。

"保安,把直升机取消了。我们的人正在进行自救。它们又来了!"那个搞公关工作的人往后退了几步。

四只翼手龙排好了队,一起从逐渐隐没的沼泽地远端迅速地飞来。公园人员聚拢成了一堆。

"我不相信。"阿尔戈斯说,"不会有这种事。这种事不可能发生。"

"Liebe Gott[①],愿上帝马上来救我们。"熊类学家一边嘟哝,一边嘎吱嘎吱地沿着岸边走着。他能看到在远处的其他人,那个公关人员溜进了枯树林,过了一会儿,那里冒出一股热气,说明有个温泉。

突然间,一切都变了。鲨鱼的牙齿像阵雨一样纷纷从天上落下。四只麻雀从湖面上飞过,那位熊类学家仰望着天空,哭泣着。鸟类学家阿尔戈斯看着他手中的那张薪金支票,支票背面趴着一只长了翅膀

---

① 德语,意为"上帝保佑"。

的龙虾的轮廓，圆珠笔的笔尖已将那张纸戳得乱七八糟。

"我从未相信过这事。"他说。但是真正理解事实真相的人是沃里克，那个熊类学家，他从内心深处懂得了，世上到处是魔鬼，就像色拉里面的油炸面包丁一样。

魔王回到书桌旁，往抽屉里扔了一个金属的筹码，就是欠债的顾客以前在妓院里用过的那种。在筹码上刻着阿尔戈斯的名字和日期。

"让幻象保持稳定确实是很麻烦的，"他说，"我输了。"他懒散地敲了一会儿他的长指甲，然后拿出了一副牌，开始独自玩起扑克牌来了。

"你得知道什么时候该放下。"他说。他洗着牌，发出昆虫扇动翅膀时的声音。

"那些蝉影响了我的发挥。"他说。

"是的，先生。"杜安·福克答道。

驴的证词

旅行者，这里没有路。路是走出来的。

——安东尼奥·马查多（1875—1939）

马克比卡特林大十四岁，能说三种语言，自称是个美食家、攀岩者、溜冰专家、不坏的大提琴手，一个在欧洲比在美国西部更如鱼得水的人，他是这么说的，可是，卡特林觉得这些差别无足轻重，虽然她只离开过这个州两次，只会说美式英语，也不玩乐器。他们是在爱达荷相遇并喜欢上对方的，当时马克在消防部门当志愿者，而卡特林在消防中心的咖啡店里端意大利面条。过了几个月，他们就开始同居了。

当她大步从柜台旁走过，抓起通心粉和芝士的空盘子时，他已经注意到了她肌肉发达的双腿，后来，他问她，是否愿意择时去远足一次。因为过去两个月，卡特林不顾父母的反对，加入了堆干草的女性团体，再说，从孩提时开始，她就常去爱达荷山区。她很强壮，也很有经验。他说，他知道一条非常美的林间小路。她说好的，但很怀疑他能带她去任何她没去过的小路。

星期天清晨四点，马克就把卡特林接上车，朝北开去。太阳升起时，她已经看清楚了："七魔鬼？"他点点头。不过，他还是对的。她从未去过戴斯罗尔小道。它美誉在外，吸引着众多旅游者，她一直以为，那里会挤满了短途旅客，糖果包装纸扔得满地都是。

他们进入安静而喷香的松树林中时，她心中十分兴奋，充满着那种古老的山路给人带来的激动心情。她最早的记忆是坐在父亲背上的布袋里，想去抓住透过坚硬的针叶射过来的带有浓郁的花粉味的阳光。她将深绿色的树冠、粗糙的红色树皮与安康的生活联系在一起。马克得意地朝她笑笑，他知道她会喜欢这条小路的。他们愉快地走着。下午三四点钟时，他们到达一处能俯视壮观而混乱的地狱峡谷的地点时，她肚子已经饿得咕咕叫了。马克心目中的午餐是两根胡萝卜、一些棒状干酪和他们从装胡萝卜的盒子里舀出来的一些鱼酱。这没关系。他们已经相互表达了他们所具有的人类与生俱来的堕落倾向，他们需要森林，需要困难而孤独的生活，需要她父亲所谓的"永恒的真实"，但是她暗自觉得这可能是短暂的真实。不过卡特林的感觉中夹杂着一点点害怕。她从来没想到她会遇到这样一个人。是什么吸引了她？

他们同居的日子延长到了四年。卡特林常给他讲家里的故事：她那爱梦游的奶奶、从摩天轮上掉下去的那个酒鬼表兄、她父亲老是离家出走、她母亲的大方和幽默。她给他讲了她过去的唯一的一个情人，一个学气象的无赖，不过现在在伊拉克。他们之间的恋情不算什么，她说，他们在一起才睡了两次就确认相互间越来越不喜欢对方了。马克对他的过去一字不提。卡特林是靠情人的信任接受他的。风一吹起来，他那漂亮的黑发就在他的头顶形成冷酷的光环——他的头发超过了当地人喜欢的长度，而他的脸上长了一只伊比利亚人的弓形鼻子，窄窄的眼睛闪烁着黑色的光芒，眉毛很浓。不过与他黝黑的漂亮的脸蛋相比，他有点矮，胳膊很粗，手却很小。他看上去似乎有点恶毒，就像一个老画家看到当代一些人的胡涂乱抹感到很生气的样子。

卡特林小时候是一个胖娃娃，脸长得像一张小小的薄煎饼，长大后，那脸还是像小时候那样圆圆的，脸颊胖嘟嘟的，满脸的粉刺，让她看上去有点老于世故的感觉。堆干草的活儿让她变得肌肉发达。她比马克要高一英寸，重十磅。她长着一双男人尺寸的脚，从来没穿过高跟鞋。美容店将她松软的金发变淡了，烫成了银灰色的波浪，与她粗糙的皮肤形成鲜明的对比。她喜欢从二十世纪三十年代的电影明星们身上流行起来的那种蓝眼睛和嘴巴微微张开的神色。她不知道，她长得像他母亲。

在火灾多发季节结束时，他们离开了爱达荷，去了怀俄明州的兰德，马克在那里找到了一个室外攀登学校里的工作。住房很紧张，他们最后只好住在一间浅褐色的单间活动房里。卡特林说，这里需要增加点颜色。她将墙壁漆成樱桃色、紫色、橙色。她在一家旧货店里发现了一张旧圆桌，把它喷成了钴蓝色。在活动房后面的小棚子里发现的一台二十世纪六十年代的电视机，成了她发明的护符神和神力木雕——"永不坠落"神龛和"冒险"神龛之外的另一个神龛。

"很有东方特色。"马克说，可是他的口气并不说明任何问题。他是想起了西藏。几个月以后，他辞去了攀登学校的工作，只是说，他没法同这么多讨厌的人打交道，他不喜欢职场，不喜欢攀登事业。不过，他还同他在当地唯一的朋友埃德·格莱德一起去爬山。他回到了去消防队以前干过的行当：当一个自由撰稿人，为旅行手册更新非洲国家的信息，跟踪叛乱、音乐和服装的变化、那些独裁者的异想天开的念头。他在孩提时代曾居住在象牙海岸和扎伊尔，然后，卡特林只知道他在四五个地中海国家里度过了他的成年期。当卡特林问起那段时间时，他就讲木薯糊和其他的菜肴。她把"永不坠落"神龛改成了"为旅行者提供信息"神龛。

他们的房东是比弗，一个烟不离口的个子瘦长的老牛仔，帽子上有一堆汗渍，看上去像耶利哥①的城垛。比弗觉得，他通过出租已故前妻的活动房，发现了生财之道。他不喜欢卡特林的涂色计划。

"这地方我现在怎么租得出去？看上去像个游艺场。"他太瘦了，必须买青年人穿的牛仔裤。这些裤子总是太短，他就把特别短的裤腿塞进他那穿旧了的工靴。

"不过，你现在是把它租给了我们。"

"那你们走了以后呢？"他说着，用有残疾的蜡黄的手指卷了一支新烟，眯起他的三角眼望着那烟雾。

没有更多可说的了。前一天她才问过马克，他觉得造一间小屋怎么样。她不想说"住宅"。那听上去太固定了。他只是耸了耸肩。这可以有多种含义。他具有那种难以捉摸的特性，这让她很不安。有一次她问他为什么来爱达荷，他回答说，他一直想当牛仔。她从未见他接近过马或牧场。难道他是在开玩笑？

卡特林生在博伊西，长在博伊西，是比利牛斯山来的一个巴斯克牧羊人的曾孙女，有时，她告诉马克，这就让她成了欧洲人，尽管她在爱达荷以外最远只去过盐湖城和黄石公园。

---

① 耶利哥（Jericho），巴勒斯坦城市，位于约旦河西岸，据《圣经》载，祭司吹响号角，该城城墙就神奇地倒塌了。

这位牧羊人祖先曾经是野心勃勃的。他对贝蒂荣①和高尔顿②的罪犯观相术发生了兴趣，以为将每一个种族的受尊敬的人照片重叠起来，就能构成全世界正直的人的合成照片。这个工程没有成功，因为他找不到因纽特人、巴布亚人、布须曼人或爱达荷其他罕见种族的人来拍照和合成。他开始对在世上干善事悲观起来，于是把他的注意力转向赚钱，在博伊西开了一家服装店，一家发展成三家，足以为家人提供适度的财富。

卡特林从父母那里得到的津贴本可以让她不用工作也能勉强度日，但是她觉得，这样会把马克带坏了。在怀俄明她在旅行社找了一份兼职的工作。他们让她去为大批野营者和休闲车探明景点行车路线。这就召来了那个"没车没山的宽路"神龛。

他们保持着独立的假象，是因为两人都有车。他们生活的真正交集，既不是工作，也不是想紧紧抓住对方的爱，而是在荒漠中的旅行。

----

① 贝蒂荣（Bertillon, 1853—1914），曾是巴黎警察机构罪犯识别部门的负责人。他发明了一种被称为人体测定学或"贝蒂荣识别法"的罪犯识别系统。
② 高尔顿（Galiton, 1822—1911），英国科学家、探险家、人类学家，开创了优生学。

只要他们能凑出几天或几个星期，他们就用于长途跋涉，去大霍恩，去温德河，勘探采运木材的道路，挖掘开矿者申请产权的土地。马克有上百个计划。他要去边界水域划独木舟，去拉布拉多海岸乘单人划子，去秘鲁钓鱼。他们在沃萨奇用滑雪板滑雪，在黄石的偏僻地区跟踪狼群。他们花了好几个长周末在犹他州的峡谷地区，在怀俄明州的红沙漠干草堆里寻找化石。那崎岖不平的地区是他们激情所系之地。

不过，这一切并不全是欢乐的；有时，冒险成了倒霉事：有一次十月中就下起雪来了，在荒芜的土地上铺上了四英尺深的干雪，雪很松，所以他们陷了进去，直到他们的滑雪板擦到了岩石。

"Neige poudreuse①. 给它几天，让它变得硬一些，成了结实的地面，就行了。"他说。但是，天气仍然很冷，雪却没结成块，没变硬，就是这样。风将雪吹得到处都是，将雪都吹跑了。十一月没下雪，十二月没有，一月上半个月也没下。他们被幽居病弄疯了，渴望着下雪。比弗来收房租时，嚼着满嘴的烟草，预言将有千年一遇的干旱。

"以前也发生过这种情况，"他说，"任何一个阿纳萨齐族人都知道。"

然后，从太平洋刮来了一阵阵的暴风雪。大雪和阵风堆起了七英

---

① 法语，意为"雪白的粉末"。

尺深的积雪。当他们跑出去穿滑雪板和试雪时，他们能感觉到他们踩到的那块地底下的张力和深沉的闷声。

"今天，不能离开雪道，"马克说，"我们连滑雪小道都不用试。那条旧的滑雪路很可能已经很安全了。"

在上山的路上，又开始下雪了，他们越过了一些人，那些人正费劲地将一辆卡车从沟里推出来。他们是在暴风雪中向前爬行。

他们开始沿着那条旧的铺着圆木的路滑行，但是滑了不到二十分钟，就发现那条路被雪崩造成的大片的雪堵住了。从山的东面斜坡往上看，他们能看见雪崩的轨迹，就像鹿的内脏一样的麻袋形状。

"不妙，"马克说，"不能走下去了。过了桥有地形陷阱。"他们就回家了，马克说，很可能他们会被叫去在雪崩中救人。

狂风拍打了活动房半夜，灯光摇曳不定。但是第二天早晨，天空是淡蓝色的。马克眯着眼看着天空，叹了口气。他们等着。到了十一点，云彩的颜色加深了。左旋的暴风雪像扔下的岩石一样砸在他们屋子上。马克的手机发出了不合时宜的草地鹨的叫声。

"好的，好的，马上走。"他说。搜寻和救援队需要他们。他提醒卡特林把她的无线电收发两用机放在夹克衫的有拉链的口袋里。

"这样我们就不会出问题了。"在路上，他说，埃德·格莱德刚才说，暴风雪让几百个人出了门，谁知道为什么？噢，因为这个冬天一直没下雪。

卡特林知道为什么。这不仅是因为冬天一直没下雪。在暴风雪中滑雪对某些人来说是很激动人心的，就像在夜间攀登危险的岩石，在满是冰块的河里乘单人划子，长途旅行者是无法抗拒与风和冰雹搏斗的冲动的。

在滑雪小道的起点，兴奋的人们在落雪中横冲直撞，背上扛着大包的十几岁的滑雪者们大喊大叫，父母们对他们的孩子吼着"回来"，滑雪者在树林里穿梭，全都消失在吓人的白色中。

埃德·格莱德正站在滑雪小道地图的告示牌前，用一根滑雪杖当指示棒。他胡子拉碴，就像旧椅子垫里的填料，黑漆漆的鼻孔就像一个双车位车库那打开着的门。那些新来的救援人员边听，边在周围跺脚，以保持他们脚上的温度。埃德正在讲黎明时分被救出来的那个迷路的摩托雪橇运动员，当时正赤裸裸地蜷缩在一棵树下。

"在僻静的地方，雪很厚。"他说，"在迈因纳小道上有六个捣蛋的孩子，穿着雪鞋。今天早晨他们同其中一个的爸爸一起去霍思湖吃冬日野餐。那里空旷的斜坡上有一个很大的雪檐。我怀疑他们中间的任何一个人有足够的智慧能……"他的话音未落，大家就听到西南方向传来轰隆一声。即使是透过那轻飘的雪花，他们也能看见一大堆云雾升起。

"他妈的！"埃德喊道，"就是它。我们走吧！开路！"

在滑雪小道上走了一英里，他们遇到了两个穿着雪鞋的男孩，这两个孩子正跌跌撞撞地走着，不断地摔跤，通红的脸上凝结着雪和结成冰的泪水。这两个气喘吁吁的孩子说，他们都快走到霍思湖了，谢尔曼先生说，雪太厚了，没法烧烤，他们就往回走了。他们刚穿过那空旷的斜坡的底部，就发生了雪崩。其他人都埋在雪底下了。

在这一天的剩余时间里，救援队到处探查，挖掘，寻找生还者的迹象。这些孩子和谢尔曼先生都没带无线电收发两用机。心慌意乱的父母们在这地区埋桩子，有些人带来了家里养的狗。有人找到了一只连指手套。搜寻持续了一夜。花了两天时间，才把尸体挖出，但永远也摆脱不了失败和失落感。

"野餐！彻底的失败。"马克说，"可怜的小孩儿。"他指的是那两个幸存者，他们已经被活下来的罪名所玷污了。

勘探正在消失的荒野的遗迹一直是他们最美好的时光。他们非常喜欢去发现新的地区。她有时觉得他们是在看着旧世界的终结。她知道马克也是这么感觉的。他们之间非常和谐，从来也没发生过争论，直到因为莴苣大吵了一架。

第二天早晨他们就要到古老的野牛分布区玩十天。那条杰德小道已经封闭了多年,但是马克喜欢绕过林业局的管制。他们的习惯是在开始冒险行动之前的那一夜大吃一顿,然后在荒野里吃得很少,有点类似大斋节①前的狂欢节。马克说,饿一点能让脑子灵一些。卡特林在当地的市场上买了西红柿、一个莴苣、几条比目鱼。这一天轮到马克做晚餐。他在做阿洛科,一种非洲菜肴,将香蕉放在加了辣椒的棕榈油中煎,作为煎比目鱼的配菜。当然,还有她的色拉。

他动手做饭之前,先脱掉了衬衫,他说,这比穿围裙效率高。她知道这是因为他不喜欢家里的那条唯一的围裙,那是她母亲给她的不值钱的礼物,颜色像消防车那样红红的。她说,他会被溅出来的油烫伤的。她说,她不想发现莴苣上沾有胸毛。

"你过虑了。"他说。煎香蕉的油味飘满了活动房。

她在为这次旅行整理行装。他为什么还是喜欢那双钉着平头钉的、原始的旧靴子?"你做色拉时,需要啤酒吗?"

"还有剩下的白葡萄酒吗?什么样的都行。"他在切一颗红洋葱——切片太厚。如果他在欧洲大陆待了那么久,为什么连洋葱都切不好?她在冰箱里找到了一瓶已经打开的葡萄酒,给他倒了一杯,就

---

① 大斋节(Lent),指的是复活节前为期四十天的斋戒和忏悔,以纪念耶稣在荒野里的禁食。

站在那里观看。他切好了洋葱,将刀一挥,开始砍莴苣了。

"你还没洗呢,"她说,"再说,你应该把叶子撕掉,而不是去切。"

"宝贝,这莴苣很干净,没泥。干吗要洗?当然,我更喜欢小巧的菊苣,有些绿色的嫩叶,可是我们只有一棵毫无味道的又大又硬的莴苣,就像一颗绿色的炮弹。它就该被砍。"毫无疑问,他看不起卷心莴苣。

"不过,他们那里只有这个,是从加利福尼亚运来的。谁知道他们有没有在上面喷过什么,或者摘它的人有没有肺结核,或者有没有在上面撒过尿?"她的嗓门越来越大。卡特林倾向于吃有机蔬菜,这种爱好最早是在她十几岁的时候宣布的,当时是为了惹她的爱吃肉和土豆的父母生气,在牛肉加牛肉加土豆的怀俄明要坚持这种饮食就更难了。她一直认为自己在选择食物方面是很挑剔的,但遇到马克后就改变了。不过,虽然她通常让他选择主菜,但坚持要有色拉。

"是不是每样东西都要消毒?是不是每个菜都要按你的方法做?这不过是个色拉,说好了的,这不是很好的色拉,因为我们的食材很糟糕,不过,是我在做,你来吃。"他当然会对色拉嗤之以鼻,大啖一顿堆在鱼上面的香蕉和辣椒。

"啊,不。我不吃那色拉。里面很可能有许多胸毛。"

他怒气冲冲地扔下了刀。

他们又吵了几句，然后突然都喊叫起来，声音越来越高，大喊什么煎香蕉、非洲、墨西哥、移民政策、农场工人、橄榄树、加利福尼亚。她说他不仅是一个肮脏的不洗莴苣的人，还是一个外国的爬行动物，很可能会吃毛毛虫。他是个吃软饭的人（他偶尔会少交他的那一部分房租），连个简单的色拉都不会做。他当然不会切洋葱了。为什么要穿那双讨厌的钉子靴，弄得像一个十九世纪马特洪峰的导游似的？也许他过生日时想要一条背带皮短裤？他说他的确在非洲吃过毛毛虫，它们有丰富的蛋白质，而且很好吃，那双靴子是他爷爷的，第二次世界大战以后，他爷爷曾多次参加攀登喜马拉雅山的重大活动，说她变成了一个有控制欲的、固执而又自私的人，像个乡巴佬，令人讨厌。然后是对性生活的失败和令人厌恶的习惯的谴责，对前情人、欺骗和说谎的责怪，怪她喜欢可怕的、有益于健康的亚麻籽麦片，怪他爱好臭烘烘的干酪和因为买不到而必须自制的面包，然后又是那双讨厌的钉子靴。这已经不是争论而是激烈的证词了，就像在西班牙加利西亚农村的有些镇上，在狂欢节的最后一个晚上，有人会做出testamento[①]，押着韵，愤怒地列举过去一年村子里犯下的罪行，并将驴身上的各个部位与这些罪行加以匹配。他曾经给她讲过此事，现在，

---

① 西班牙语，意为"证词"。

他送给她的话就是她的胡言乱语代表驴的胃肠胀气。

他们受到伤害和侮辱的自我引起了火山爆发，喷射出千百种过去各自隐藏着的不满和抱怨。马克将装色拉的碗扔在地上，那些宽宽的洋葱片在地上滚着。卡特林把马克的衬衫扔在色拉里。她把橄榄油倒在衬衫上，说，他既然这么喜欢橄榄油，那好啊，这里的油很多。她跑到炉子边上，抓起那煎锅，把香蕉和辣椒糊扣到水槽里。他想去阻止她，她给了他一耳光，打得他脑袋嗡嗡响。她尖声地咒骂着，他却突然变得非常安静。他脸上的表情很特别，也很熟悉；生气而——是的，快乐。

然后，他又恢复了常态，并且，似乎为了刺激她，又开始了。"你这个美国泼妇！"他说，几乎像是在聊天，不过每说一个字，他的嗓门都在变尖，"你，还有这个持右翼观点的狭隘的共和党白人待的闭塞地方。没有变化，没有像样的食物，没有交谈，没有思想，除了风景，什么也没有。而阿尔卑斯山的风景比落基山的风景更美。"他抱起了双臂，等着。

"好啊，听到你的真实想法，真不错。你干吗不走啊？去找粗腿的老朱莉亚啊！"她说话的声音像魔鬼的尖叫。但是，即使她在喊叫，她也为当时场面的过分戏剧性而感到尴尬。他很奇怪，她怎么会知道有关朱莉亚的任何事情的。他从未提起过她。朱莉亚是他的母亲。

他抿起嘴,大步穿过几个房间,去收拾他剩下的衣服、他的书、那双遭到谩骂的钉子靴、他的全球定位仪和登山的服装、他的滑雪板、他收藏的非洲面具,冷静地将一切装上他的卡车。他什么话也不说,而她还在尖刻地冷嘲热讽。在大步穿过厨房时,他在橄榄油上滑了一下,差点摔倒。丢脸的举动加深了他的愤怒。她注意到,他左手的绷带上沾着脓和血。几天以前,他想把埃德·格莱德送给他的一块闪光的黑曜石上的一些小薄片敲下来时,一小片石头深深地扎进了他的手。她幸灾乐祸地想,一定是发炎了。

他干的最后一件事,是将她的大火车约翰逊的海报撕了下来,这是她为爱达荷棒球队立的神龛中最引人注目的物品,海报中,那个投手刚把球扔出去,右手的指关节还是弯着的,他那平凡的脸上露出一点好奇的神气。马克向她瞪了一眼。她觉得,他似乎伸过脸来,等她再打一巴掌。她没动手,他就断然地走了。

透过窗户,她看见他坐上卡车,开车走了。朝南走的。朝丹佛方向开去,他说过,那里的人不是一种肤色的,有文化融合,还有一座国际机场。

她用他的那件毁了的衬衫将色拉清理了,把那油腻腻的一堆东西塞进了垃圾袋。她慢慢地冷静下来了,脑子里闪现出了一个极妙的想法:她要独自去杰德小道。她不需要他。

她只睡了几个小时,中间醒了两次,确认他们已经分手了。天一亮,她就起床了,煮了一打鸡蛋,这是长途旅行中的好食物,把东西装上了吉普车。正当她往外搬最后一包东西时,电话铃响了。

"卡特林,"他平静地说,"我买了两张明天早晨飞雅典的机票。我要到希腊去灭野火。你来吗?"

"我有别的计划。"她把电话挂了,然后,把电话线拔掉了。她把她的手表和手机扔进放银餐具的抽屉,就往门外冲去。她曾经在路上听说,不是听他说的,抛掉技术,会让感官更敏锐,头脑更清楚。

在朝北开车的路上,她感到又一次过起了她自己的生活。她开了好几英里路,都是听着马克鄙视的乐队演奏的音乐,陶醉在解放的感觉中。在长途开车时,他喜欢听阿尔法·布朗迪[①]或者单调的讯息鼓[②]音乐。她没法不去想这次分手,过了一会儿,连她喜欢的曲子似乎都有了讯息鼓的背景音乐。还是无声状态更好。她想起她打了他以后,马克脸上出现的奇怪的高兴表情,这表情很熟悉,可是不可能出

[①] 阿尔法·布朗迪(Alpha Blondy),1953年出生于象牙海岸的丁博克罗,是科特迪瓦史上最有名的雷鬼音乐人。
[②] 讯息鼓(talking drum),是西非的一种通过不同音高传递信息的鼓。

现在当时的情景中。

当她来到大野牛国家森林公园边上的城镇时，已经是暮色时分了。她找了一家汽车旅馆。她不想在阴暗的黄昏中错过没有标志的小道起点。夜里起风了，偶尔会惊醒她。她每次都伸伸胳膊想，她一个人睡整张床有多美。直到早上，她才发现，因为出门匆忙，她把地形图落在活动房里了。在当地的五金店里，她找到了另外一张，是根据一九五八年航拍的照片编制的。它比落下的那张更好，因为上面清楚地标出了杰德小道。

她在贮物箱里找到了一点纸，是最后一次换机油的发票。她用在仪表盘周围滚了一年的一支旧的铅笔头，潦草地写下了她的名字、"杰德小道"和日期，把它放在了座位上。

即使是在大白天，那条无人问津的小道也很难找。多少年以前，林业局挖走了路牌，用倒下的松树和大石块将路口堵住了。新长出来的黑松已经有肩那么高了。地图表明，往北六英里，这条小道会经过一座无名山的侧面，然后会绕过五六个冰川小湖。马克曾经计划在这些湖里钓鱼。她突然有了一个不安的念头。他可能没去希腊，而是回到活动房了，结果发现她走了，看到她所有的野营装备全没了。他马上会知道，她是抛下了他，独自来这小道了。他会跟踪她的。她得留心躲避。

第一英里路走得很不愉快。小道上石头很多,土很松,有半英寸厚。显然,很多远足者不去理会林业地图上"小道封闭"的传说,冒险来走上一两英里后,才转回去。他们曾经用折断的树枝来标志他们走过的路,这些树枝现在刮着她的胳膊。

渐渐地,那些齐头的树木消失了,小道进入了老森林。她无声地走在厚厚的针叶落叶层上。小道拐了一个弯,前面出现了广阔的满是树木的斜坡,那里有被山上的大松象甲虫的灾害和干旱杀死的几千棵红橙色的树木。在开阔地带,小道被重占土地的树苗堵住了。那些小树显得健康而翠绿,没有被虫碰过。她想知道,世人看到的是否是最后的黑松林。如果马克同她在一起,他们会讨论此事的。她想起了他的沾血的绷带。他当时是下定了决心,要知道怎么做石制的投掷尖头。他们曾经谈论过史前石器,当他告诉她,它们的边缘只有几微米厚,而且比剃须刀更锐利时,她曾懒洋洋地大声说,恐怖分子为什么不用燧石刀作武器,这样就可以逃避机场的监控了。

"这才笨呢。"他说。

经过了几英里的平地,那小道开始往上升,在陡峭的、由树根和岩石构成的阶梯中盘绕。融雪将路面擦净,变成围在突出的燧石周围的滑溜溜的土地。中午时分,那小道进入了野花缤纷的地带,有耧斗菜、钓钟柳、漂亮的克拉花、卷耳和印第安的橘黄山柳菊。她看到高山上的草地和斜坡北面裂缝中的几堆雪，感到很高兴。往下一看，又看见了一个小湖。景色美极了。但是，即使在这里，天气也不像她预计的那么凉爽。阳光火辣辣的，一大片蠓虫和蚊子呈椭圆形地围着她转。她坐在一块巨石的背阴处吃了她的午餐。她并不想马克。

她朝西看了一下这山脉中的最高峰——布法罗亨特。上面的终年积雪消失了，山峰光秃秃的，十分难看，就是一座在强烈的阳光中颤抖的苍白、灰色的高峰。千百年没见过阳光的岩石暴露出来了。又是一个炎热而干燥的夏天，天空中全是闪电和被风吹散了的云彩，就是没有雨。偶尔有几滴水在空中飘动，可是云又把它们带走了。下个月，亚利桑那州的季风会带来人们渴望的雨，但是现在下面的平地是干枯的，青草刚冒出来就枯萎成易碎的黄褐色的枯草，脚一踩上去，就碎裂了。山上的热度几乎同海拔低的地方一般强，地上全是毫无生命迹象的碎石。

接近傍晚时分，她累了，她估计自己已经走了十三四英里路了。这条杰德小道还有六十英里左右长，其终点是在一个被废弃的矿业城附近。从那废墟到大路还有四英里或五英里。她肯定，在十天内，她能很轻松地走完。她在一个无名的冰川融化的湖边支起了那个小帐篷。她吃着掺了水的西红柿汤，看着鳟鱼在暮色中跃起产卵，水中漾起层层圆浪，与其他的波浪交集在一起。夕阳照射在千百万只飞翔的昆虫身上，成了湖面上的一层薄雾。马克本来是会来这儿钓这些在傍晚产卵的鱼的，但是，他现在很可能已经在希腊了。一只灰色的松鸦，记起了以往旅行者们沿着小道撒面包皮和土豆片的好日子，满心期待地望着她。她掰了一块饼干给它，还给它起了个名字——约翰逊，来纪念大火车约翰逊。那一天留给她的是一片镶饰着粉红色珠子的天空，天边黑色的山脊由于松树顶而现出锯齿状，就像黑曜岩制成的矛尖。她不怕黑，一直坐在那儿倾听着夜间的声音，直到西边最后一抹流光消失。天上没有月亮。

她睡在一块石头上，在朦胧的晨光中醒来时浑身僵硬而疼痛。太阳一升起，山上就开始热起来了，剩下的几个雪堆都融化了，雪水流入在高山的草地间流淌着的潺潺的小河。那些残雪形成稀奇古怪的形状：遥远的群岛图、洒在地上的酸奶、泥腿、天鹅的翅膀。没有风，蠓虫和蚊子很多，她只能抹上大量的防虫剂。她弯弯腰，伸伸胳膊和腿，活动一下身子，煮了水，泡了茶，吃了背包里放着的两只煮鸡蛋，就再次出发了。那两只鸡蛋沾上了她手指上的防虫剂，那种恶心而苦涩的味道在她的嘴里逗留了很长时间。

她走过了五六个小湖，里面荡漾着跃起的鳟鱼带来的波浪，还有对马克的思念。她能够听到，但是看不到柳树下急速流动的小溪，像瀑布似的从高处融化的雪堆里奔腾而下的小溪。只要是有流水的地方，遮蔽视线的山柳就长得很密。那些浅湖，湖水呈棕褐色和蓝褐色，倒映着山峰和山顶日益缩小的雪地。有些湖很深，呈蓝色，色彩从湖边的茶色巨石逐渐变淡，一直到大鱼在最凉快的水中休息的湖底。在湖边巨石上标出的水线表明，湖面曾有四英尺或五英尺高。

小道一直倾斜往上，路上植被丛生，许多地方都同大部分山地融为一体了。有两次她迷路了，不得不爬到一个制高点上去看一下它是往什么地方延伸的。她现在已经很接近高地了，要在林木线以上走七八英里的小道，才能开始沿着西边的斜坡往下走。这曾是大陆架的地方和大量背阴的岩石展现了精美的苔藓世界。她知道，苔藓化学工厂将岩石粉碎成泥土，其中有些掠过石头，留下了斑点，那是些狐狸在上面撒过尿的、喜氮的鲜艳的橙色苔藓。有一次，马克曾经说过，苔藓可能是地球上最早的植物，经过千百万年，它们将世界上的岩石变成了泥土，这才有了生命；他们看到的苔藓还在吞噬群山。他们在旅途中曾见过千百种形状和颜色的苔藓：火焰似的、鹿角似的、斑点和火星似的、薯片似的、鱼子酱似的、果冻似的、玉米粒似的、绿毛似的，还有的像微型的毛毡手套、皮肤病、小人国镶有粉红色边的杯子。他们总是对对方说，他们要去研究一下苔藓，可是，回到家了，却从来没干过。

而那些岩石本身，有一半埋在耧斗菜的花丛中，美得让人无法久看。一块巨大的红色软岩，有三栋房子那么大，上面点缀着豆绿色的苔藓。她用手指甲去刮这苔藓，却刮不掉。鲜花盛开的植物长在小岩礁和岩架上。这么完美的颜色和地点，真是太难得了，令人难以消化，也令人伤感；她不知道为什么，觉得这可能植根于原始的灵性意识。在这荒芜的地方，除了偶尔在高空飞过的喷气机含糊的轰隆声以外，没有人的迹象。独处引发了一些关于人类存在的想法，她后悔同马克发生争论，它显得越来越不重要。但是她很高兴能独自出来。"一切都要向前看，对吗，约翰逊？"她对那只一直跟着她的灰色松鸦说。

第二天中午时分，她来到了一块像教堂那么大的岩石旁，它离黄褐色的湖面约有一百英尺远。与其说它是岩石，不如称它为悬崖，由一些高低错落、屋子大小、闪光的粉色花岗岩组成，裂成极大的石块和岩架，一些小松树都能在上面找到足够的土壤让它们得以成长。过些日子，它们强大的根部会使岩石分裂。悬崖和湖泊之间的地面上，散落着掉下来的石块构成的岩屑堆。再过去几英里，从盘根错节的高山矮曲林延伸出去的光秃的碎石山坡，标志着这条小道的最高点。她不想在傍晚登上那里，不想由于天黑而不得不在闪电地带扎营。即使是现在，那光秃的山顶上，也飘浮着一片片灰色的云彩。地图上标着，那最高点是"托尔伯特山"。西边的天空上，太阳已经快要下山了。

她今天不走了,就在这里扎营。她卸下了背包,让它重重地掉在小道上,发出很响的哐当声。在这里,小道要横穿一块半英里宽的大花岗岩。放下那沉重的背包,是一种奢侈的享受,她伸了个懒腰。

她觉得,她在高高的粉色悬崖上看到了一行字——是名字的首字母和日期吗?早年的矿工和旅游者到处留下他们的标记。她决定爬上去看看是什么;也许是吉姆·布里杰①、约翰·弗里蒙特②或杰迪戴亚·史密斯③,再或是另一个重要的历史人物。马克没有同她在一起,让她感到了强烈的失落,就像手指甲里插上了一根刺那样。他看到这条美丽的小道和这些原始的湖泊,一定会高兴地尖叫起来,他会直接爬到石头上有雕刻的地方。

---

① 吉姆·布里杰(Jim Bridger, 1804—1881),美国探险家,在十九世纪上半叶,曾多次参加美国西部的探险活动,并在土著人和欧美移民之间调停。
② 约翰·弗里蒙特(John Fremont, 1813—1890),美国探险家、政治家,1856年成为共和党的第一位美国总统候选人。
③ 杰迪戴亚·史密斯(Jedediah Smith, 1799—1831),美国著名探险家,商人、第一个从美国东部进入加利福尼亚的人,在美国西进运动中起了重要的历史作用。

悬崖底部三分之一处堆着一堆掉下来的碎石头，上面长着一层高低不平的绿色的苔藓。然后是五十英尺可爬的干净的花岗岩，过去马上就是几乎垂直的闪光的石墙，上面杵着一些大石头。她决定尽量靠近一些去看那些铭刻，因为她肯定那些痕迹是经过风化的字母。

这次攀登比看上去要难。底部的几块石头有点摇动，但是它们离地很近，似乎不值得担心。这些石头上面有一条很窄的小路，是从上面一堆碎石中流出来的雨雪冲出来的，刚好同她的脚一样宽。她一点一点地沿着这条小路往上爬到最低的那块大石头，想尽办法抓着它的边缘爬过去，不敢往下看。现在她很接近了，可以看清楚用黑漆涂着的字：何塞1931。根本不是什么有名的探险家，只是某个墨西哥的老牧羊人。就是这么回事。

下来时非常惊险。小石块在她脚下旋转和滑动。在一个地方，她不得不沿着高低不平的斜坡滑下去，结果把她的裤子弄得一直皱到裤裆。她急着下来扎营。今天晚上应该开一品脱朗姆酒，也许再加上她扛了那么多天的那瓶越橘水。她渴望那解渴的酸味。

快到山底时，她朝十八英寸远的一堆垒得横七竖八的东西上面的一块石头跳了下去。那块石头转了一下，就像是装上了滚珠似的。她的脚陷入了这块石头和另一块石头之间的空隙，随着她的重量移动，那块大石头转动了一下，压到了她的腿。起初，在她挣扎的时候，她没感到疼痛,以为她遇到的仅仅是一种暂时的困境。然后,她发现她无法移动那块石头,也无法挣脱它的夹钳,才明白她是给卡住了。

过了很长时间——几分钟——她才意识到她的处境,因为她太生气了。在往上爬的时候,同一块石头曾稍微动了一下,发出了刺耳的咔嚓声,似乎是在清嗓子。由于它离地不到两英尺,所以她认为这是无关紧要的。她并没有留心。要是马克同她在一起,他一定会说类似"当心那块石头"之类的话。而且,要是马克同她在一起,他能把这块石头推开,或者把它抬高,让她有足够的时间把腿拉出来。要是马克同她在一起,就好了。任何一个人同她在一起都行。她当然知道独自长途旅行是愚蠢的。她之所以爬上去,也是因为马克会这么做的。这么说,究其原因,是他在这里。

她继续尝试着,想把那条迅速肿胀起来的腿拉出来。那块石头压着她的小腿和膝盖。她能稍微动一下她的踝骨和脚。这是仅有的好消息。她从小就知道,那些不放弃的人能活下去,那些不去尝试的人会死掉。不过,有时候,那些不放弃的人照样会死掉。她考虑了一下她有多少机会。如果马克回到活动房,他会发现落在餐桌上的地图。他会看到她的野营装备都不见了。他会知道她在杰德小道上,他会过来。除非,她内心深处的声音说,除非他是在希腊的某条火线上。如果他在希腊,林业局的工作人员会不会注意到她的吉普车日复一日地停在那里？他们会不会看见她放在前面座位上的字条，已经有六天了，所以过来看一下？这些是她得救的机会：自己挣脱出来；等马克来；等待林业局的搜寻和救援。还有一个更小的可能性。另一个长途旅行者或者渔夫可能走这条封闭的小道。此时，她渴得要发疯。她的背包在小道上，她刚才扔下的地方，但是因为它在她的身后，她连看都看不见。那里有越橘水、食物、那只小炉子、火柴、一个信号镜，什么都有。绝望中，她去推那块纹丝不动的石头。

　　随着暮色的临近，她生气地哭了，她憎恨那小小的一步踏错，那可能会让她付出一切。她的舌头粘在她干燥的嘴里。最后，她靠在阴凉的岩石上，迷糊起来了，不过被惊醒了好几次。她那条卡住的腿已经麻木了。口渴和山上寒冷的空气，像蚂蟥一样叮着她。她的脖子很疼，就把肩膀往前靠靠。她哆嗦了一下，用双臂抱着身子，但是她哆嗦得越来越厉害了，最后，持续的、剧烈的颤抖让她整个身子都摇了起来。她脑海中又掠过了一些可能出现的场面。她会不会冷得太厉害了，以至于她的腿都收缩到可以抽出来的程度？她又拉了一次，这是第五十次了，可是她能感觉到，那块大石头的边缘压在她的膝盖骨上。她能不能鼓起勇气，不顾一切地把腿拉出来，哪怕那石块的边缘割断或压碎了她的膝盖骨？她尝试了一下，直到疼痛压倒了她。这一努力让她的颤抖减轻了几分钟，但是，一会儿，她的肌肉又强烈地收缩起来。她祈求早晨快点来临，想起最近天天都这么热。她想，如果她能感到温暖，她就会有些力气，如果她有水，喝了水，她肯定能把腿抽出来。她可以将水倒在腿上，条件是她有水，那么水也许会起到润滑的作用，让她的腿得以解脱。想到这里，她意识到，尿可能会让她感到暖和并润滑那条卡住的腿。但是温暖瞬息即逝，那石头丝毫也没变得润滑。现在，这块石头已经从无生命的物体变成了个性恶毒的个体。

在痉挛式的颤抖之间，她打了几个小盹，每次只有几秒钟。星光终于暗淡了，天空变成苹果酱的颜色了。

"出来吧，出来吧。"她朝太阳祈祷着，可是太阳升起得奇慢无比。最终太阳射到了西边的山脊，可是她还是处在寒冷的背阴处。一小时过去了。她能听到鸟叫声了。一只鸟停在那残忍的岩石边上，就在她够不到的地方。如果她能抓住它，她会咬掉它的脑袋，喝它的血。不过，即使太阳光还没有触及那块岩石，空气也逐渐暖和起来了。她感到她的腿似乎是一个庞大而沉重的圆柱。那带来幸福的太阳终于照遍了她的身躯，颤抖渐渐地减缓了。那美妙的热度让她放松下来，让她睡着了好几分钟。但是，每当突然醒来时，口渴成了一种病，让她身上的每一个毛孔都像是被火烧着似的，让她的喉咙肿了起来。她能够感觉到她的大舌头在逐渐加厚。

这么令人愉快而感激的太阳的温暖，变成了炎热，烤着她露在外面的胳膊、她的脖子、她的脸。老鹰在她的头顶上尖叫。到了中午,她那灼疼的皮肤和难受的口渴压过了那条受伤的腿带来的痛苦。她的眼睛感到刺痒,火辣辣的,她得眨着眼睛才看得见远处似乎在阳光中搏动的圆锥形的岩屑堆。太阳落山时,那些光秃的山峰变成了一堆堆发光的金属薄片。这一天中,她有好几次觉得马克来了,就大声地呼喊他。一只狐狸,口中含着什么东西,朝雪堆跑过来。

此时,她重新估量了一下将她卡住的这个物体。这是一块形状不规整的花岗岩,大约三英尺长,两英尺高,顶部是个斜面,有一个一英尺左右长,中心也许有两英寸深的勺状斜坑。她的手指刚好能碰到那斜坑。

天空中的太阳在落下,改变着岩石的影子。一只好奇的旱獭跑到附近的岩石顶上,盯着她看,跑到岩石下面,又从另一个方向出现了。那只灰色的松鸦约翰逊老是在她的视线中飞进飞出,就像飞蚊症患者眼中的斑点。这里没什么可看的,只有约翰逊、旱獭、斑斑点点的黑色苔藓、空中的老鹰。这时只能想一件事。然后随着太阳落山,还有件事要想,那就是黑夜和寒冷。

岩石失去温度的速度很慢,但带着残忍的必然性。太阳落到地平线以下了,雪坡上马上吹来了一股凉风。一开始,她那烤得发烫的皮肤感到这凉意,觉得很舒服,但是过了一小时,她就发抖了。她知道会发生什么情况,她的身体也知道,好像是在做准备。她听见远处高空中一架小飞机马达发出的嗡嗡声。她的脑子就急着去想明天她向飞机发信号的方法。她的背包里有一面反光镜。她要是戴着手表该有多好;她要是将手机带在身边该多好。她要是不是一个人来该多好。她要是没和马克吵架该多好。他要是能来该多好。现在就来。她想,白天她曾经想象他来了的声音一定是一只狐狸在拨弄她的背包。长夜慢慢地过去,她睡意蒙眬地打盹的时间长了一些,能以分来计,而不是以秒来计算。她弯着腰向前趴着,因为这块岩石就像一张倾斜的桌子,其高度正好能让摘棉花的人和在短垄间锄地的人受伤。那条腿一会儿发麻,一会儿抽疼。

早晨极其相似。她觉得,她仿佛从小就被困在这里。在碰到这块岩石之前的一切都不是真的。她是老鼠夹子中的一只老鼠。一切都没变,那越来越亮的天空、那种对太阳热度的渴望。她的舌头塞满了她的嘴,她的手指是僵硬的。她错误地把站在离她两英尺远的岩石边上的那只松鸦约翰逊当成了狼。同这片陆地一样高的隐约的山峰很像海洋上的巨浪,她能看到它们在起伏和滚动。将她牢牢地卡住的这块岩石的表面有细密的纹理,有光泽,点缀着针眼大小的苔藓。天空就俯在岩石上方。有什么东西很臭。是她的腿,还是她尿湿的牛仔裤?她那干涩的目光又投向海浪,转回到岩石,约翰逊,此时这只松鸦又

驴 的 证 词 213

像她灰色的雪尔尼浴衣的一只袖子，岩石的表面，她的那双麻木的手，又回到那光秃的岩屑堆的斜坡。她以前不知道，死亡可能是这么无聊的。她睡着了一会儿，梦见了花岗岩的老鼠夹，是一个不知名的石匠精心制成的。她梦见她父亲从附近拉来了一张椅子。他说，她的腿会萎缩并脱落，但是她可以用一棵小松树做一根很好的拐杖，沿着小道跳回去。她梦见一只稀有的蝴蝶停在岩石上，一个长得很像马克的昆虫学家来找它，很轻松地就把石头从她的腿上移开了，还指给她看他给她带来的那把特殊的山用轮椅，可以让她从斜坡上下去。

当她突然恢复意识时，天空罩在岩石和斜坡上方，雪堆在融化、缩小，与光秃的小丘一起有节奏地起伏。时间本身在蠕动和晃悠。那只松鸦约翰逊发出以前任何鸟都没有发出过的低沉而有回音的声音。就像一面鼓，一只空的油桶，有人在用它敲一种信息，一面会说话的鼓。她几乎听懂了。太阳似乎像一只溜溜球似的上下滚动，一会儿用光线让她的眼睛睁开，一会儿又消失了。发生了什么事。她只能看见小小的透明的苔藓在石头上、在她的手背上、在她的头上和胳膊上跳动。她张开了嘴，苔藓变成了雨水，落到她烤干的舌头上。她马上感到一阵感激和愉快。她拢起手来接雨水，但是手太僵硬了。雨水将她的头发冲到一旁，从她的鼻尖上滴下来，湿透了她的衬衫，在岩石顶部的斜坑里盛满了她渴望了多时的水，只是她很难够得到。

她饮着雨水，感到恢复了力气和理智。暴风雨过后，她的头脑清醒了一些。湛蓝的天空压了下来，太阳开始吸入潮气，就像有人在卷一条水管一样。她设法将衬衫脱下，轻轻地将它抛向盛满水的斜坑，那里有几杯水的量，她将一只袖子抛进了那珍贵的水坑。她将袖子往身边拉，从袖子上吮吸着水分，一再重复这个动作，直到把水喝完。她能听见不远处有一条小小的山溪在石头缝里潺潺流过。她的脑子非常清楚，知道这雨水可能只是把一个永恒的真理推迟了。她能看见东边有其他的雷雨云层，刮盛行风的西北方向却什么都没有。那只灰色的松鸦不在她的视线中。

刚才，她用她的衬衫吸干了那个斜坑，现在又把它拉回来穿上，以抵御那火辣辣的太阳。砾石间的泥土已经吸干了雨水。没事可干，只能眯着眼睛看着这闪光的世界。循环又开始了。一个小时以后，在暴风雨前已经开始淡忘的口渴，又强烈地回来了。她的整个身子、她的指甲、她的内耳、她那油腻的头发根，都渴望着水。她真想在天空中挖些洞，能落下更多的雨水。

夜间，远处有闪电在戏弄人，但是没有下雨。那块卡住人的岩石表面，在古老的银色月光下，变成了闪光的平原。

到了早晨，暂时出现的那一点力气和清醒消失了。她觉得，好像有电流穿过岩石并射进了她的身躯，她几乎欣然接受了随之而来的针刺和麻木的感觉，尽管她模模糊糊地知道，这意味着什么。上方的雪堆上出现了成堆的幻影，有喷泉、托钵僧、流着水的龙头、带着水滑梯的直升机，一群穿着花哨的人从上面下来，朝她伸出了手。一种干燥得让人脱水的热风吹了一整天，让她的眼睛几乎瞎掉了。她无法闭上她的眼睛。阳光热得吓人，她的舌头垂在她嘴里就像一个金属的铃锤，碰到牙齿就发出咔嚓声。她的手和胳膊变成了黑灰色的皮革，像一种苔藓。她的耳朵塞满了咔嚓声和嗡嗡声，她的衬衫好像是用硬金属制成的，将她的蜥蜴皮肤擦得生疼。

在长时间地挣扎着脱掉她那讨厌的衬衫的时候，她通过耳朵中的嗡嗡声，通过她撕裂的皮肤，听到了马克的声音。他穿着那双钉子靴，跟着她来到了小道。这不是幻觉。她挣扎着清醒过来，清楚地听到了，那钉子靴刺耳地、咔嚓咔嚓地走在小道的花岗岩地段。她想叫他的名字，可是她叫出来的"马克"，却是一种粗嘎的吼声"马啊啊啊……"，一种低沉而吓人的原始的声音。它把一只母鹿和跟在它后面的几只半大的幼鹿吓了一跳，它们嘚嘚地沿着小道跑了，黑色的蹄子在岩石上掠过，看不见，也听不见了。

壕沟里的驽马

达科塔从识字的时候起就知道她母亲的容貌倾国倾城，但是一无是处。人们说，谢娜·利斯特的眼睛是宝蓝色的，鬈发是水白桦皮那样的褐紫红色的，她曾经赢得所有的儿童选美比赛，然后在读高中时成了放荡的女子，十五岁就怀孕了。她在达科塔出生的那一天，就沿着慈善妇产科医院的后楼梯跑到街上去了，在那里，她的一个滑头的同伙接上了她，往西去了洛杉矶。此时，骨瘦如柴、满脸皱纹的达科塔还穿着医院里的无领短袖后开罩衫。就在那一天，电视台的福音传道者吉姆·巴克，一个受到举报且供认不讳的奸夫，从他的摇钱树节目《赞美上帝》上辞职了。他的垮台让谢娜的母亲博尼塔·利斯特很伤心。博尼塔的丈夫维尔责怪电视导致了谢娜的放纵和她对牧场的仇恨。

"她看到，电视上这么做是可行的，所以就这么做了。"他说，他要把电视机扔了，但是博尼塔说，牲口棚烧掉以后再圈马是没有意义的。尽管维尔强烈谴责电视对人的堕落的影响，但是他说，他付了电费，就还是利用它一下吧。于是就看一些危险的、神秘的、秘密的和羞辱的情节。

维尔和博尼塔·利斯特才三十几岁，就被这个婴儿缠住了。维尔说，如果这是个男孩，等他长大，本可以帮忙干些杂活。这些话是他从叼着一支自制卷烟的牙缝里挤出来的。没说出来的半句话，是他可以继承这牧场。维尔根据他按照宅地法定居下来的曾祖母的名字给达科塔起了名字。他曾祖母是在本地出生的，结过一次婚，守寡了，她再次结婚，是在她证明已具备领取土地的资格，而且证书上写的是她的名字，且证书已经拿到手以后。随后，她又因为将要洗的衣物放到浸羊药液和煤油中煮，从而让家人摆脱了跳蚤而出了名。当年，一般要为丈夫守孝两年或三年，为妻子则只要守孝三个月。而她无礼地只为她的第一个丈夫戴了六个礼拜的孝，就提出了宅基地的申请。维尔保存着她的一张照片，在照片上，她手里拿着那份珍贵的证书，站在她整洁的装有护墙楔形板的房子前面，一只肮脏的白狗靠在她的格子裙旁。她的一只手放在背后。维尔说，这是因为她抽烟斗。达科塔几乎能肯定，她能看见一缕烟在袅袅升起，但是博尼塔说，那是风吹起的尘土。这片土地自开发以来，已经被牲口、煤矿、油井和天然气钻机围住，折磨着，刻画着，为油管伤脑筋。那条通向牧场的路被命名为"十六英里"，不过没有人能肯定，这意味着什么。

染成金发的博尼塔（她的曾祖父娶了印第安女人，黑发基因传了下来）成了一个年轻的外婆。她是在牧场锻炼成长的，把外孙女看成是一种必须面对的困难。她习惯于将不讨好的工作夸为正确的好事，但是她不知道，没有吉姆·巴克的规劝和鼓励，她该怎么办。首先，丈夫能力不强，还要没完没了地劳动并具备妇女要有的幽默（有时是勉强的），然后是一个坏女儿，现在还有一个女儿的女儿要抚养。维尔·利斯特就是个负担。他一个人无法管理牧场，他们经常得求他们的邻居凑在一起，帮他们摆脱困难。当然，这是因为他年轻时是一个野孩子，曾经努力地套牛，不用鞍具就骑马，常常给摔下马来，年纪大了，当年的拉伤和骨折发展成了关节炎和疼痛。一次踩踏让他的骨盆和腿骨折过，他现在走路都像吹风笛的人那样畏畏缩缩地哈着腰。她不能因为他早年的伤痛怪他，她还记得他年轻时目光炯炯、一头鬈发、腰板像栏杆一样挺拔地骑在马上的样子。但是她觉得，一个男人应该默默地忍受痛苦，像个牛仔，而不是整天发牢骚。她的左膝盖也有关节炎，但她默默地忍受着。

在整个二十世纪八十年代，人们都很难理解，那些体格健壮的劳动力都去哪儿了。在能源业兴起时，石油公司吸走了怀俄明的小伙子，他们付出的高工资，是任何一个牧场主，甚至县里最富有的养牛人怀亚特·马奇都付不起的。可是经济萧条了，还是雇不到牧场工。"人们本来觉得，"维尔说，"那些石油公司撤走了，每个角落里都会有五十个人在找工作。"但是那些工人尝到过油田工人工资的滋味，都跟着钱离开了怀俄明。

维尔是个垃圾牧场主，怀亚特·马奇说着，一双牡蛎眼在他那在阳光下会变色的金边眼镜后面来回转动。这与其说是因为他的土地放牧过度，不如说是因为围栏倒塌，大门上只挂着一根铰链，到处是捆扎的绳子，牧场上放着生锈的机器，还因为利斯特家的餐桌上铺着一块聚乙烯纤维的桌布，上面画的是"最后的晚餐"。在一条灌溉渠里有一顶轿顶朝上的旧轿子。前面的门廊里放着一只坏电炉。利斯特家的牛在马路上闲逛，经常出事故，不是淹死在春天洪水期的小溪里，就是陷进不知从哪儿冒出来的泥潭里。

春天是最难熬的时节，气候多变，一会儿是暴风雪，一会儿像在撒哈拉大沙漠里那么热。在一个风雪交加的傍晚，达科塔正在桌子上摆晚餐用的餐具，维尔说，一头奶牛想爬上一个潮湿的陡坡，地显然很滑，它就滚到壕沟里去了。

"今天我运气真好。那头讨厌的奶牛是前两天掉进沟里死掉的。我发现它时，已经死了。"他用一种奇特的心满意足的口气说着，眯起褪色的眼睫毛，眨着同那个走上邪路的谢娜一样的宝蓝色的眼睛。

"不是人人都会说,这是好运气。"博尼塔疲倦地说。她拉着从她粉色便裤的裤腿缝里伸出来的一个线头。这种颜色不大实用,可是她认为,柔和的色彩能表现出清新和青春。她跨过维尔的被牛踢瘸了的老斗鸡布姆,走到水槽那里去了,开始擦那唯一的一只可以煮大量土豆的大锅子,一只她一天要用好几次的锅子。

"它是的,在某种意义上。"

即使她有时间,她也无法把这一点想清楚。维尔的事儿层出不穷。每年秋天,他都要到国家森林里去砍木头,她知道,他迟早会用那把旧的曲柄锯把自己锯成两段。她几乎是希望他这么干。

对维尔·利斯特来说,每件事都是靠运气,不过他很少遇到好运。他儿时的秘密梦想是成为一个有魅力的电台播音员,常常与歌星会面,发布新闻,播放歌曲,描述气候。这一切的渊缘是一台便宜的小收音机,那是他在小时候靠骑着一匹老母马,一个牧场一个牧场地卖玫瑰花软膏赚来的。在夜里,由于大人不允许他在九点以后听收音机,他就把收音机放在被子下面,把声音调得像耳语那么轻,听着保罗·卡林格在高功率的边境电台上的甜蜜声音、孤独心灵俱乐部的广告、补药和长生不老药的广告、用真假声变换着唱歌的牛仔,到了十几岁,就听沃尔夫曼·杰克不像话的桃色新闻以及气喘声和咆哮声。不过,他从来不想像沃尔夫曼·杰克那样。卡林格是他的偶像。

他不知道怎么才能进入电台工作，尽管他想这么做。在他逐渐融入家里牧场的工作以后，这个计划就被淡忘了。为了好玩，他骑野马，结果造成了现在的苦难。他还是老开着他卡车里的那台收音机，尽管当地的信号不好，他在家里的每个房间里还都放上一台收音机。他主要是听那些播放关于失恋和饮酒的歌曲、二手车广告、教堂活动和拍卖节目的电台，这些电台多少有点像他年轻时边境线上的一些旧电台。二十世纪六十年代国家公共电台进入怀俄明时，他觉得它乏味而傲慢。对他来说，电视从来没有收音机好。他觉得银幕上的形象总是不如他脑海中的形象。

在成长期间，怀亚特·马奇拥有各种优越条件。从他能走路的一刻起，他就有好马骑，他能到国外去旅游，有手工制作的靴子穿。他上了东部的预备学校，然后进了宾夕法尼亚大学。大学毕业后，他回到怀俄明，心中怀着改进农业的一两种想法，还想马上进入议会，可是在当时，人们还是喜欢保守而俭朴的牧场主当政治领导人，而不是挥霍的富人，他父亲的私人高尔夫球场已经把这种富人的标签深深烙印在一群值得羡慕的人身上。过了这么多年，他已经变成了一个头上长角的极端保守派，他的小脑瓜硬得就像钻石薄片。年轻时因为受到东部教授们的灌输，他曾有过一些无用的乱七八糟的想法，现在已经全身心地去经营怀俄明黄金时代传下来的浪漫的遗产——十九世纪的牧场了。他是爱尔兰人的后裔,乳白色的皮肤晒得黑黑的,姜黄色的头发已经变成圣洁的白色。他的骄傲是那扇极大的梁柱结构的大门附近的蓝色霓虹标牌:**马奇牧场**,那扇门大得可以当日本神道教神龛的鸟居①。经过多年的努力,他终于进入了州议会。当地的居民已经习惯于看到他覆着尘土的雪佛兰车冲上马路,从他们的右面驶过,扬起许多碎石。

他说的每一句话里都带有一丝优越感,哪怕是在毫无意义地谈论天气。马奇似乎在表示,暴风雪、风暴、结冰的道路以及猛烈的冰雹只会影响其他人;他生活在一种不同的、特别的气候云雾中。当年他努力地想带着他激进的思想进入议会时,一位颇受尊敬的年长的牧场主曾把他拉到旁边,一字一句地告诉他,怀俄明像现在这样就蛮好。慢慢地,他懂得了那句话包含的真理。

他娶了德布拉·盖尔·森奇利以后,他的政治影响就更大了。德布拉·盖尔·森奇利是怀俄明第五代牧场女,一个生来就能吃苦的勤劳的工人,她穿着裤缝熨得笔挺的牛仔裤、一双靴子和一件旧的卡哈特牌的夹克衫。最早的那个森奇利是内战后同第十一队俄亥俄志愿者

---

① 鸟居(torii),为日本神道教神社入口处的牌坊。

一起来怀俄明打印第安人的。部队驻扎在北普拉特的波斯特格里斯伍德。他当了逃兵,躲在卡尔邦的一个芬兰煤矿工人家,最后娶了他们家的一个女儿,约翰娜·哈帕考斯基。

德布拉·盖尔·森奇利·马奇是"奶牛美女"①的财务部长,还是基督教妇女读书会的成员。读书会一直努力地做好事,并且想做得更好,很推崇那些象征着坚毅和忍耐的老牛仔和牧场工人的回忆录。德布拉·盖尔一辈子看的书不超过十本,但是她知道她同任何一个人一样,有权发表她的意见。在马奇和她离婚,同他在加利福尼亚度假打高尔夫球时遇到的卡罗尔·肖维尔结婚以后,德布拉·盖尔和她的弟弟塔菲仍以牧场共同经营者的身份留了下来。马奇为他的前妻在牧场上造了一栋她自己的房子,一个简单的一层楼的饲养场,还有一间很大的披屋,可以养她的九条狗。他给她付工资。她是个好工人,他不能让她走。

在达科塔成长的年代里,利斯特家的牧场艰难前行,是博尼塔设法维持着生计,担心着钱和维尔的健康。她仅有的空闲时间,就是跪在床边祈祷上帝给她力量坚持下去,并保佑她丈夫安康的时候。

① 奶牛美女(Cow Belles),是由一些牧场主的妻子组织起来的俱乐部。

"不要让自己未老先衰。"她不耐烦地对维尔说,维尔似乎盼着自己老了。早上他要花半个小时活动关节。她感到很生气,因为那孩子达科塔不喜欢骑马和套牛,拒绝参加四健会①。博尼塔总是能想出一些任务或活儿让小姑娘去做,不是捡鸡蛋、摘豆荚,就是去查看一下造成奶牛出走的围栏破裂的部位。为维尔刮烤煳了的面包片,是最讨厌的活儿。维尔坚持要吃烤面包片,但是不舍得花钱去买烤面包机。

"我妈用平底锅烤的面包片很好吃。就像是已经涂了黄油似的。"他说。博尼塔经常把面包片烤焦,因为她要煮鸡蛋和肉末土豆泥,而忘了冒烟的面包。达科塔得用餐刀将炭刮到水槽里。

有一次,达科塔因为需要一丝爱,想去抱抱正在擦洗水槽里的土豆的博尼塔。博尼塔一下子把她推开了。有时候,达科塔会徒步围着牧场转一圈,通常是去有一眼小泉水的陡峭的松树坡,那地上全是灰色的旧骨头,是一头美洲狮在一棵倒下的树下做窝时留下的。博尼塔本人从来不去散步,不去干这种浪费时间而玩忽职守的事。她春天同工人们一起给牛打烙印,还设法为所有的工人煮饭,十一月份卖牛时,她又骑着马去监督人们将牛赶上挡板上画着瑞士干酪广告的卡车。维尔则在树林里砍冬天的木头。维尔从不徒步去任何地方,他要是不在

---

① 见26页注②。

他喜欢的那张躺椅上,就是在他的卡车里。他进屋时会叹口气。

"好了,我今天的运气不错。"他会用一种伤心的口吻说。

她等着。这可能是他缓慢地叙述的又一个毫无意义的故事,浪费她的时间。

"我把那个煤气罐装满了,去了趟林子,讨厌的是那罐子倾斜了,把气全倒了出来。"

是的,情况就是这样。他用一种矜持的,"我有个重要的消息要宣布"的口吻说道。她点点头,削着胡萝卜,将橙黄色的萝卜丝弄得到处飞舞。她还是穿着她那条红色的裤子,可是已经把那些小母牛赶出了东边的牧场,修好了破损的围栏,拿了信,喂了残疾的羊羔,现在正在做晚饭。她没有时间穿上牛仔裤。再说,她也不进城。

"然后我工作了一会儿,链条就断了。"

"是的。你的确有不少麻烦。"有一次,维尔的自怜压得她受不了了,她考虑过将他毒死。但是他们没有保险,她不知道一个人怎么活下去,就放弃了这个念头。再说,她也从来没有忘记过他们谈恋爱的那个冬天,她坐着一辆暖气坏掉的卡车,从牧场开了很长一段极冷的路,到双箭咖啡店去见他。她冻得牙齿都在打战,真想从冰天雪地的街上走进那美妙的暖和而喧闹的酒吧,在那里,拉斯·埃弗廷克正在一次又一次按着投币器,不断地播放着《蓝色的河流》,而维尔,那个强壮而又帅气的牛仔,悠闲地穿过房间朝她走来,拉着她随着音乐跳起了舞。胡萝卜全进了锅,她就开始用一把维尔曾祖母时代就在这厨房里的古老的削皮刀来削土豆。几十年以前,木头的刀把就已经坏了。她的大多数厨房用具都是破旧的:一只打蛋器柄上的螺栓是松的,曾经掉进蛋糕中,一个生锈而且已经剥落的搪瓷滤水器,几口变形的煎锅,几把旧得不得了的小勺。

他提高了嗓门:"今天我的胸口不像昨天那么疼了。"

"嗯哼。"她冲洗了一下土豆,把它们切成小方块,可以快点煮熟。

"我本来想明天上午八点差十分去看她的,那个医生。现在我不知道该不该去了。因为今天不疼了。"

"嗯,维尔,这可能是运气的问题,你觉得呢?它不疼了,你还工作得这么卖力。"

他眯起眼睛看着她,想弄清楚她是不是在挖苦他。"我只是不想死于心脏病发作,留下你一个人。"他一本正经地说。

她没作声。

"这么说,我想,我还是去的好。"一开始,他就是这么想的。

怀亚特·马奇认为,维尔·利斯特的东歪西倒的家给怀俄明的牧场主带来了坏名声。他内心感谢上苍,利斯特的家不在大路上。他经常引用罗伯特·弗罗斯特[1]的诗句"好围栏就有好邻居",不过他并不懂得这首诗的意思,也不知道那些筑石头围栏和筑铁丝网的人们的意图之间有什么不同。他挑选利斯特夫妇出来加以批评,不知是不是因为维尔的工作习惯,或者是他从不直视任何人,只用左眼看人,还是因为博尼塔老穿浅绿色的人造纤维的裤套装,怀亚特·马奇把他们说成是农村的傻瓜。事实上,利斯特家的奶牛是狂野而不受拘束的,这是因为人们对它们的照顾很少;它们身上长着寄生虫,牛蹄腐烂,有产奶热、器官脱垂、疝气;它们被来复枪、弓和箭扫射,它们摔倒在T形栏杆上,它们吃电线,咳嗽,鼻塞,掉到小溪里淹死。维尔把马奇说成"他和他的咔嗒声。他们这些杂种总是按照他们的方法去处理事情"。但是,他要是在买牛的市场上或者饲料商店里遇到马奇,他会带着笑容,热情地同他打招呼。而马奇也会说:"你好吗,维尔?"但是,如果他们在偏僻的路上开车相遇,维尔会举起三根指头来打个招呼,而马奇则满脸红光地直视着前方。一个养羊的巴斯克牧场主的孙子皮特·阿兹夸说得很简单:"Nahi bezala haundiak ahal bezala ttipiak."他说的这句话的意思是,大人物干他们想干的事,小人物干

---

[1] 罗伯特·弗罗斯特(Robert Frost, 1874—1963),美国诗人,善用传统诗歌形式和口语来表达新内容和现代情感。

他们能干的事，这句话说明了镇上某些人神情郁闷的原因。

维尔恨马奇，但是他真正不喜欢的是马奇的第二任妻子卡罗尔·肖维尔。她是一个加利福尼亚人，眉毛是红色的，头发是赤褐色的，穿着暴露的连衣裙，戴着叮当作响的手镯。她认为自己在各方面都是权威。她是个能说会道的人。没有人知道，她为什么嫁给了马奇。人们说，当然了，马奇的确有钱，这钱不是来自牧场，而是来自牛仔减肥计划，那是他父亲获得了专利的邮购减肥计划。卡罗尔·马奇有无尽的改进怀俄明的方案：重新引进火车或者开辟一条汽车路线用于公共交通；邀请黑人和亚洲人搬进来以增加种族的多样性；把州府搬到科迪去；让这个州具有吸引电影制片人和电脑上班族的能力。人们在传说，她曾经说过，怀俄明人很懒惰。懒惰！维尔发火了。尽管他自己尽量不干活，那是因为他是半瘫的，工作对他的心脏不好。除了这个加利福尼亚的婊子，全世界的人都知道，地球上没有比怀俄明人更节约、更俭省、更坚强、更勤劳的人了。工作几乎是神圣的，人们都愉快地从事着有益的体力劳动，而且都是为了劳动而劳动，这是每天最重要的事，是怀俄明人生活的核心。这一点，还有，在厄运来到时勇敢承受，并且认为不需要系安全带，因为该你死的时候，你就死吧。不受安全带束缚，是开拓者的自由精神。

"我一定要告诉她，她应该换个地儿说废话，但是对一个像她那样什么也不是的人,是没法说什么的,"他对博尼塔说,"她太无知了。说了也没用,就像水从鸭屁股上流过一样。"

有一天,卡罗尔·马奇到汽车零件店里去查询他们为那辆改装的一九四八年雪佛兰半吨皮卡订购的边窗遮阳挡是否已经到货。在那里,维尔听见她在同站在柜台后面的切特·布里聊天。她那天穿了一条蓝色的小裙子,裙边刚遮过她那肥墩墩的臀部,一件绸子的上衣,露出她那被太阳晒成棕褐色的强壮的胸部。

"他们必须在那个十字路口装上红绿灯。否则,有朝一日,有人会给撞死的。"她的手镯发出咔嗒的响声。

"就像现在这样,也没出过问题。只要小心一点就行了。这里的人们从来没有因为这事而产生过麻烦。"布里朝她的胸部看了几秒钟,然后把目光移开了,然后又让他的目光溜进那凹陷处。维尔几乎能看见她的屁股。

"这地方需要一些新人。"她说。

维尔懂得,她指的不仅是引进陌生人。她指的是交换。她每带来一个无知的加利福尼亚傻瓜,一个出生在怀俄明的人就会被……清除掉。他能肯定,她已经有了一张名单,而他就在这名单上。布里没说什么,维尔想,这么一来,他很可能也会上这名单。

"怀俄明现在这样就蛮好。"维尔对博尼塔说,"他们来到这里，就……"

对达科塔来说，幼儿园里的新鲜事物真不少。第一天，那位老师，一个穿着粉色的毛茸茸的绒线衫的胖女人，就问每个孩子的生日。

"每当有人过生日，我们就会举办一次聚会。"她假装激动地说。孩子们一个接一个地报出日期，但是达科塔从来没有参加或者听说过生日聚会，感到很困惑。在她身旁的男孩说："十二月九号。"

老师期待地望着达科塔。

"十二月九号。"她轻声地说。

"啊，同学们！你们听见了吗？达科塔的生日和比利的生日是同一天！太巧了！到时候我们会给两个人一起过生日！两个孩子的生日是同一天！我们会有两个蛋糕！"

达科塔同博尼塔一起坐卡车回家时，问道，她有没有生日，她的生日是不是十二月九号。

"当然了。每个人都有生日！你的生日是四月一号，愚人节。就是作弄什么人的日子。就像你母亲作弄我们一样。你为什么要知道你的生日？"

达科塔解释说，老师要在学校举办许多生日聚会，有蛋糕，还有游戏。而她不知道自己的生日，闹了个笑话。

"好了，我们从来不喜欢那种生日聚会。我们不干那些傻事。学校把钱都花在蛋糕上，怪不得老缺钱。"

她知道，她不能告诉老师她的生日是愚人节。

在学校里，她又一次了解到了她已经知道的事儿；那就是她和其他人不同，不配有朋友。

利斯特夫妇在抚养达科塔上面，尽了自己的责任。博尼塔一边听着《早间主播》，其中有太阳升起以前的广告节目、一点令人兴奋的小新闻、祈祷和天气预报，一边为达科塔做花生酱三明治给她当学校里的午餐。在浴室里收音机的声音也很大，维尔因为习惯性便秘老蹲在马桶上。他的胸口痛常常会转移到很远的内脏，跳动地折磨着他，这种现象让印度来的那个年轻女医生感到很困惑，为了努力适应农村生活，她不解地参加了当地的一些娱乐活动，如钓鱼比赛、加尔各答博彩①、扑克赛跑②和飞镖联赛。

"你看到吉米·明特捉的那条值三百美元的鱼了吗？"她这么问，

---

① 加尔各答博彩（calcuttas），是来自印度的关于高尔夫锦标赛或赛马的赌博。
② 扑克赛跑（poker run），参赛者开着各种车，或者骑马，或者步行，要跑五至七个关卡，在每个关卡抽一张扑克牌，目的是在跑完以后拿到一手好牌。

是为了让他放松一些。他却情愿非常详细地描述他的痛苦，用他的手指比画着疼痛移动的曲折路线，穿过胸口，下移到腹股沟，转到旁边，又回来，直到喉咙。

医生终于送维尔去盐湖城做进一步的检查。博尼塔把达科塔安排在牧师阿尔夫·克拉什比和他的妻子马瓦家以后，同他一起去了。

那年，达科塔七岁，博尼塔和马瓦·克拉什比谈话时，她就胆怯地站在过道里。克拉什比太太用强调的语气列举着几个要点。她鼓起了腮帮，张大了鼻孔。达科塔在等着人家告诉她去哪里、干什么期间，爱上了一个糖果盘。过道里唯一的家具是一张窄长的桌子。在它闪光的桌面上放着克拉什比太太的车钥匙。桌子的尽头有一个蓝色的小盘子，同小圆碟差不多大，形状像条鱼。上面放着七八颗西瓜味儿的快活牧场主牌的糖果。引人入胜的是盘子有趣的形状和颜色，各种各样的蓝色，从钴蓝色到绿光暗蓝色。克拉什比太太注意到了她的渴望，就让她吃快活牧场主，心想这个可怜的孩子很可能没吃过多少糖果。博尼塔走了以后，她又用催促的口吻说了一遍。

"拿吧！吃吧。"

达科塔拿了一颗，剥开了，不知道该把包糖果的纸放在哪里。牧师的妻子带她走进厨房，指了指一只镀铬的桶。当达科塔试图打开盖子的时候,牧师的妻子让她走开,踩了一下踏板,盖子就掀开了。这也很新鲜。她脸涨得通红,因为不知道踏板而感到羞耻。在她外祖父母的家里,垃圾是扔在放在报纸上的一个食品袋里,装满的时候,四边都是油腻腻的,底部往往被湿咖啡渣弄得很软。把垃圾袋拿出去倒在焚烧桶里,是她的活儿。只有在这时候,大人才允许她点火柴。她总是带着点燃灶神维斯太的炉子的庄严神情,划了火柴,然后从那臭烘烘的烟雾处跑开。

博尼塔是独自来接她的。她告诉克拉什比太太,维尔的检查表明,他的关节和许多过去骨折后恢复得不好的骨头都有严重的关节炎,但是没有什么办法治疗。他需要一副全新的骨架,而且他的心脏很弱。他二十岁的时候,一只公牛踩了他的胸部,伤了他的心脏。他们让他宽宽心。

"此时此刻,他正在家休息。"博尼塔说。

不知怎的,达科塔的上衣袖子把那个蓝色的盘子从过道里的桌子上拂了下来。那些快活牧场主像浅红色的坚果一样在地板上蹦跳。

"天哪,"博尼塔说着,弯腰去捡碎片,"笨得像头牛犊。"克拉什比太太摇摇头,鼓起了腮帮说:"**没事,只是一个便宜的旧盘子**",但是她说话的口气暗示,这是一套皇家伍斯特瓷器的一部分。等她们回到家,博尼塔使劲地抽打了一顿达科塔的腿。

克拉什比太太有一台微波炉,神奇地加热了午餐吃的汤。当达科塔在几天以后向博尼塔描述这个不可思议的东西时,在起居室里椅子上坐着听她们聊天的维尔哼了一声,喊道,他觉得,他还是要继续用厨房里的那只很好的旧炉子。这种说法表明,对达科塔的描述有点兴趣的博尼塔不会拥有微波炉。

达科塔很瘦,头发是暗淡的棕灰色,眼睛是浅灰色的,鼻子和脸颊长得像男孩子一样大,一点没有她母亲那艳丽的美貌。在学校里,她总是趴在书桌上,一人独处,老师们都认为她有点傻。

在四年级的时候,谢里·马奇将四只小猫带到学校里来了。

"不要钱,随便拿,"她说,"你们可以挑。"

达科塔马上就想要那只白爪子的黑猫,它的尾巴很短,竖得很直。她摸摸它,它呜呜地叫。

"你可以拿去。"分配礼物的谢里神气地说。

达科塔把小猫抱在毛衣里带回家了,小猫在她的毛衣里又抓又扭,对这么一个小东西来说,力气大得可怕。在博尼塔的厨房里,她给了它一小碟牛奶。它打了个喷嚏,然后贪婪地喝了。博尼塔没说什么,但是她的表情是冷冰冰的。

"那只猫是从哪儿来的?"吃晚饭时维尔问道。

"谢里·马奇在送猫。"

"我可以肯定是她。"维尔严厉地说,"不过,它不能留在这儿。猫会让我发哮喘。我会把它送回那讨厌的马奇家的。"说着,他就抓起猫,大步地走向卡车。

第二天,在学校里,达科塔喃喃地对谢里说,她很抱歉,她外祖父把猫送回去了。"他说,猫会让他发哮喘。"

谢里望着她:"他没有把它送回来。他没有去我们家。哮喘是什么?"

到了十几岁,抽腿的惩罚停止了。由于日子久了,或者是出于后悔,博尼塔似乎心软了。不过随着达科塔日渐丰满,她的外祖父母变得十分戒备。不准她去任何人的家,也不准她步行上学和回家。不准参加晚上的社交活动。博尼塔告诉她,不可以约会,因为她母亲就是这样毁掉的。他们周围开发了许多天然气田,维尔眯着眼睛看着路上,希望加拿大能源公司或者英国石油公司来帮他摆脱贫困。

达科塔很想知道她母亲的事。"您没有留下她的任何东西吗?"她偷偷地在阁楼里翻了一通后,问博尼塔。

"是的,我没留。我把那些淫荡的衣服和她贴在墙上的那些荒诞的照片都烧了。我后来想起来,她好像是疯了,总是闯祸或者做些稀奇古怪的事情。她从不干厨房里的活儿,只有一次,她煮了一大锅速煮米饭,在鱼塘里抓了一条鳟鱼,切了一片生鳟鱼,放在饭上吃了。生的。我都要呕出来了。这就是她干的事。疯子。"

达科塔知道自己不吸引人,所以非常想讨好别人,特别渴望爱。她准备爱任何人。萨施·希克斯是一个皮包骨头的男孩,总是穿着迷彩服,脸庞和身躯好像是被打断了又重新组合的。他注意到了她,为她羞涩的沉默所吸引。反过来,她在她以为他没看她的时候,长时间地炽烈地凝视着他,做着从未超过令人心醉神迷的接吻的白日梦。一天,历史课老师卢克斯贝里先生,为了让他的不受重视的课变得更有趣一些,让他的学生写一篇关于西部亡命之徒的文章,来迎合当地给历史下的定义。达科塔在学校的图书馆里翻阅着《西部不法之徒百科全书》,看到了比利小子[1]的照片。看上去就像是萨施·希克斯在书页上往外看,脸上是同样得意的傻笑,没精打采的姿势,还有肮脏的裤

---

[1] 比利小子(Billy the Kid,1859—1881),原名亨利·麦卡蒂,是美国西部的亡命之徒,杀了八个人,二十一岁时被射杀。

子。萨施马上具有了亡命之徒和神枪手的光环。这时,在她的白日梦里,他们一起骑马出逃,萨施在马鞍上朝后扭着身子向追他们的人——维尔和博尼塔开枪射击。在实际生活中,达科塔和萨施开始把他们自己看成是一对了,在过道中相遇,在课堂上坐得很近,交换着字条。她觉得,他是她摆脱博尼塔和维尔的唯一机会,他们之间的距离可以通过努力来弥合。她爱他。在家里,她保守着萨施这个秘密。

在他们高三那年刚开始的时候,萨施·希克斯下了决心。他虽然不善于判断人的性格,但是判定她是个听话的侍女,盼望着他的慰藉。他说,我们结婚吧,她同意了。她原以为她的外祖父母听到这消息会大发脾气。她是在饭桌上匆匆地说的。他们感到很高兴。她之前没有意识到,从他们的角度来看,他们同她一样,感到禁锢她是不公正的。

"你会同萨施相处得很好的。"维尔说,她很快就可以不靠他养的轻松感,让他很高兴。

"谢娜当时没有想到这一点,真是太糟了,结了婚就可以拯救她的。"博尼塔咕哝了一句,她从来没有放弃过这个话题。他们的赞同最接近他们以往给过她的任何夸奖。

达科塔在毕业之前几个月辍学了。学校里的辅导员伦斯基太太试图劝她把书读完,她是一位中年妇女,长着一对蒙眬的蓝眼睛,画着棕色眼线。她说:"啊,我知道你的感觉,我完全理解你想结婚,但是请相信我,你永远,永远不会因为把中学读完而感到后悔。万一你得找个工作,万一出了点麻烦……"

不,达科塔想,你不知道我的感觉,你不知道像我这样的人活着是什么滋味,但是她什么也没说。她在大鲍勃的旅行站里找了个服务员的工作。拿的是最低工资,小费也难得超过一毛或者两毛五,但是足够让他们在埃尔克斯棚户区租一套三居室的套房。

在达科塔离家的那一天,奥托和弗吉尼亚·希克斯夫妇,以及维尔、博尼塔同他们一起来到镇上的教堂执事办公室。在举行了简短的仪式以后,他们觉得应该进行某种庆祝,于是去了大鲍勃那里,坐在一个隔间里,周围全是卡车司机和天然气田里的工人。经理卡斯尔先生为他们提供了免费饮料,并送上了真诚的祝福。萨施上嘴唇长了个疮,只能小口吃东西,但吃了三个大汉堡包和一夸脱的奶昔。达科塔要了巧克力攒奶油。希克斯太太把可乐洒在她的淡紫色的裙子上了,急着要回家去把它擦干净。

"但愿不要留下污渍。"她心疼地说。

希克斯家的牌局很出名,最有趣的比赛是凯纳斯特纸牌戏,最高的奖赏是弗吉尼亚·希克斯的核桃饼,因为她来自得克萨斯,为善于做这些饼而感到自豪。奥托·希克斯遇到她时,还很年轻,刚从大学毕业，是去阿马里洛的一个钻头制造商那里面试。他戴着他的牛仔帽，穿着牛仔靴子和谷仓外套，但是没得到这份工作。不过，他说服了他们的首席接待员弗吉尼亚不声不响地辞了职，并同他一起来到了怀俄明，这还比较令人满意。作为进一步的报复，当他走过人事部经理的停车处时，用他口袋里装着的蹄签①把这个人的车子划了。回到怀俄明，奥托进入了防雪围栏行业，分包了州公路局的活儿。

博尼塔和维尔也匆匆地离开了，没有把他们揉成团的油腻腻的餐巾扔进垃圾桶，而是留在桌上了。因为维尔觉得他原有的疼痛又犯了，而且在偷偷地朝他的心脏转移。维尔心想，他们中间谁都不了解，得了重病是怎么回事，或者一早醒来，不知道是否能见到黄昏时院子里的灯光，是什么样的滋味。他已经放弃门诊部的医生了，现在遵循当地的习俗，去找最受欢迎的按摩师杰基·巴斯托咨询，他是一个手指像铁棍一样的胖子。按摩师告诉他，他的问题出在脊椎，而大多数疾病，包括癌症，都是因为脊椎不好或者出了问题造成的。他说，维尔的脊椎是他见过的脊椎中最糟糕的。维尔从隔间中溜走了，博尼塔跟在他后面。达科塔没法摆脱她的工作习惯，在他们身后收拾着，把纸杯和包装纸扔进了垃圾桶，萨施·希克斯（和卡斯尔先生）很赞赏地

---

① 蹄签（hoof pick），用来剔除蹄下的石子等物的工具。

注意到了这一点。没有人为这些食物付款,所以卡斯尔先生告诉达科塔,他会从她下一次的工资里扣除这些钱。

萨施·希克斯不是达科塔见过的第一个裸体男人。她十四岁的时候,博尼塔由于患关节炎的膝盖僵直和疼痛,从过道的台阶上摔了下去,摔断了左臂。门诊部新来的那个五十来岁的个子瘦高的女医生,在电话上同给博尼塔治关节炎的老医生交谈了一下以后,根本不理会她狂怒的目光,说,她反正要躺几个星期,这是把原本医生建议要换的关节换掉的最理想时机。

"你已经不年轻了,博尼塔。"她说着,把X光片给她看,"右膝盖看上去还挺好,但是左膝盖的骨头磨损得很厉害,而且发生了病变。如果你还不正视这情况,它自己是不会好起来的。换了关节能让你好好地走路。以后多少年你走路都不会感到疼了。"博尼塔不想换,但是维尔说,她应该把这手术做了,所以在她的手臂固定好以后,他们就把她转到医院的病房里准备做膝盖手术。

中午时分,维尔从医院回来,手里拿着几袋食品和几瓶威士忌。他说,博尼塔十天以后会打着两块石膏回来。

"所以你得管一下厨房里的活儿。"

他似乎有点兴奋,把肉排放在一个派莱克斯耐热玻璃盘里,在上面撒了一些塔巴斯科辣沙司和得克萨斯的烧烤酱，撒上粗盐和胡椒粉。他以牛仔的方式在地上点了一堆长方形的篝火，说烧到最后会成为很好的炭底。他让达科塔准备一些土豆，到时候好烤。达科塔也感染了他的一些兴奋之情；现在可以摆脱博尼塔和她的规矩了，这对于她和维尔来说有点像野餐。但是四点多，买肉排的真正原因出现了——哈伦，在克拉克斯普林斯土地管理局工作的维尔的哥哥。哈伦个子很矮，肌肉发达，很安静。他的头发比维尔长。他戴着棕色的塑料边的眼镜。他每次来访，谈话就会慢慢停下来，大家望着窗帘或者撕指甲旁的表皮，直到有人，通常是博尼塔，说"好了，我得去干件什么事了"，然后站起身来，离开房间。但是，现在博尼塔不在，两兄弟有话可说了，他们谈论起一个因盗用镇上的植树节基金而遭到控告的老同学。当那堆火渐渐地熄灭，变成红彤彤的炭时，他们就坐在地上，喝着威士忌，然后，维尔把两块肉排直接放到炭上，冒出一阵阵香喷喷的烟雾，过了一分钟，他用一把长柄的叉子戳在肉上，把它翻了个个儿。黑色的炭和粉末沾在烧焦的肉排上。哈伦递过去一口铁皮的平底锅，维尔把肉放在上面。两人就到厨房里去了。谁都没对达科塔说什么，直到她把烤好的土豆和黄油盘子放在桌上。她已经明白了，那些肉排只是给男人们吃的。

"当中还很硬，真见鬼。"维尔说，"你不知道怎么烤土豆吗？"

但是，他们还是把土豆吃了，然后也不理睬她，到起居室去看描写犯罪的电视片，继续喝威士忌。她为自己做了老一套的扛饿的花生酱三明治。

夜里，一种陌生的声音惊醒了她。这声音有点像印第安人的吼声。不过她没有听到更多的声音。她起来上厕所，在黑暗中踮着脚走过哈伦该睡的客房。但门是开着的，月光照在一张没有碰过的床上。她想，他喝了那么多威士忌，也许就睡在沙发上了。她拐了一个弯朝浴室走去，打开了过道的灯，这时，通向博尼塔和维尔的卧室的门打开了。哈伦走了出来。他赤裸裸的，睡眼惺忪。他的性器官显得又大又黑。他似乎没看见达科塔，她飞快地跑回她的房间，沿着后楼梯去了院子里，再也不敢走那条去浴室的路了。

萨施·希克斯发现她安静的举止掩盖了她毫不妥协的固执。几星期以后，他们只要不是在超软的床垫上来回滚动，就是在为一些大大小小的事情吵架。

"看在上帝的分上，"希克斯说，他还在上学，朝着成为电脑程序员的目标奋斗，"我只不过要你给我拿一杯啤酒和一些薯条，还有沙司。这就会把你的胳膊弄折了？"

"你自己去拿。我从小就被呼来喝去的。我不愿意当你的女仆。

我上了一整天的班,我累了。你应该给我拿一杯啤酒。你的行为像个顾客。去吧,去同经理谈谈,把我解雇了!"她自己也很吃惊。这么强硬的态度是从哪儿来的?这是她的本性,一定是来自她那叛逆的神秘的母亲。也可能来自博尼塔。当维尔不在旁边的时候,她也有她自己暴躁的一面。

希克斯对她的固执感到很生气,觉得自己犯了一个可怕的错误。再说,她的胸部是扁平的。几个月下来,她固执地拒绝给他拿工具或啤酒,或脱他的臭烘烘的旅游鞋,他们就摊牌了。他说,他受够了,她说,好的,不过这房子该归她,因为房租是她付的。在突然爆发的一阵相互指责和责怪声中,两人同意去离婚。他搬回父母家,沉迷于酗酒和聚会,以庆祝他重新获得自由。他没通过期末考试,就去参军了。他对他父亲说,军队里会教他电脑编程的,他还能为此得到报酬。这比他原来的计划更好,这确实能让他实现他一切的抱负。他用他参军的奖金为一辆新卡车付了首付,他的家人会把车保管好,等他回来。

但是在他去进行基础军事训练以前,达科塔发现自己怀孕了。

"啊,天哪。"博尼塔说,"你马上去抓住萨施·希克斯。"

"干什么?我们在办离婚。他要去参军。我和萨施完了。"

"你有了他的孩子就不行。从长远来看,你们没完。你最好马上给他打电话,停止离婚这种乱七八糟的事。"

但是达科塔不肯给他打电话。她想问博尼塔,当时你和维尔为什么不阻止我嫁给他?不过她知道,当时他们要是反对,她会同萨施私奔,来气他们的。

又过了几个月。达科塔还在大鲍勃那里工作,享用着那个套间,一个人独享那套房子。有时她会同不在场的萨施谈话。"去给我拿一杯香槟来,萨施。再要一个火鸡三明治。加上蛋黄酱和酸黄瓜。到店里去跑一趟,买点巧克力布丁。怎么回事,猫咬了你的舌头了?"她打算把孩子生下来以后,还保留这套房子。她没有考虑过,她工作的时候谁来照顾这孩子。

一天,伦斯基太太,那个学校辅导员,来到大鲍勃的店里,独自坐在隔间里。她从手提包里拿出了一张纸巾,擤了一下鼻子,擦了擦湿润的眼睛。

"啊,达科塔。我很好奇这些日子你在哪里。原来你和萨施要有孩子了。对不起,我想,我有点感冒了。"

"我是怀孕了。他都不知道。我们分手了。当时你是对的。我要是毕业了,会好一些的。能找一个比这更好的工作。"她指了一下隔间、传送厨房订单的那个小窗口、站在木筏上的亚当和夏娃、车轴润滑油、麦克和艾克①,还有大鲍勃的超大汉堡包,厨房里称之为"炸弹"。

"可能会更糟,"伦斯基太太说,"你可能会成为一个学校辅导员。糟心的工作。"她给了达科塔一张名片,说她们会保持联系。从此以后,她每周都会来一次,问达科塔在干些什么,有什么计划,对未来有什么打算,都是些成年人觉得青年人应该经常考虑的问题。达科塔对未来没有计划;目前的状况似乎很安稳。

卡斯尔先生叫她去他的办公室,一个勉强放下一张办公桌的没有窗的小房间。他妻子和三胞胎女儿的巨大的彩色照片占领了大部分桌面。角落里摞着几箱纸杯。卡斯尔先生长着一张红彤彤的乐呵呵的脸,能说许多过时的笑话。他同任何人都相处得很好,能让难惹的顾客安静下来,就像玩蛇的人能安抚易怒的眼镜蛇一样。

"嗯,达科塔,"他开口说,"你有孩子对我来说不是个事儿,但是公司有规定,怀孕六个月以上的女士不能在这里工作。"

"这不公平,"达科塔说,"我需要这份工作。萨施和我分手了。我要靠自己生活。我为了你,可是努力工作的,卡斯尔先生。"

"啊,我知道,达科塔,但是我说了不算数。"他用一个有经验的丈夫的眼光打量了她一下,"孩子很快就要生下来了,对吗?好像只

---

① 麦克和艾克(Mike and Ike),一种水果味硬糖。

有几个星期了？你骗不了我的，达科塔，所以就别想了。"所有乐呵呵的神气都不见了。她知道她被炒鱿鱼了。

六天以后那个男孩就出生了。卡斯尔先生意识到，他们差一点就要在中午最忙的时候出现员工分娩的状况，就皱起了眉头。他送了一盆菊花，上面插着一张卡片，写着："大鲍勃集体赠。"

不知怎的，达科塔期待的婴儿是一个安静的小东西，她照顾起来能像照顾宠物一样。她没想到这孩子嗓门又大又能吃，迫使人们不得不迁就他，还让她心中充满了强烈的爱。这弄得她心慌意乱，因为她知道以后会发生什么情况。

"我想，我得把孩子送出去，让人收养。"她对博尼塔说，接着就崩溃了，放声大哭起来，"我存了付给医生的钱，但是我没有工作了，付不起房租。"博尼塔吓呆了。这个孩子是合法的，只是被父亲遗弃了。她几乎能听见马奇家人在讥笑博尼塔和维尔不照顾自己的骨肉。何况他还是个男孩！

"你不能再让这个家蒙羞了。这几乎同你母亲做的事一样糟糕。你要从你嫁的那个无用的懒汉那里拿到一些赡养费，你外祖父和我会照看这孩子的。我们必须这么做。你母亲的罪孽落到第二代身上了。我要你打电话给希克斯太太，告诉她，她的宝贝儿子扔下孩子逃跑了。

告诉她，你要去找儿童援助机构和律师。我可以打赌，他不能再把参军的奖金给他的家人了。"

达科塔真打了个电话给希克斯太太，要萨施的地址。

"我想你是想从他身上榨出些钱来，"希克斯太太说，"他在部队里，我们不知道在哪里。好像在加利福尼亚的什么地方。他没有告诉我们，他们会把他派到什么地方去。现在很可能到了阿艾雷克。他说过他们会部署在阿艾雷克。但是我们知道得不确切。他没有告诉我。"她的语气是愤愤不平的，这也许是一个被忽视的母亲，或者是一个想跑到新鲜山核桃产地的人的不平情绪。

博尼塔叹了口气。"她在说谎。她知道他在哪儿。不过，希克斯一家人比苍耳抱得还紧呢。我们得照看他了。你给他取个名字叫维尔，用外祖父的名字。这样他会对帮助孩子更上心。"她叹气说，"什么时候是个头啊？"她问道，并在内心祈求上苍给予她力量。

婴儿除享受西部男性所拥有的一切特权之外，还有博尼塔和维尔给予的溺爱。达科塔惊讶地看着维尔念念有词地趴在婴儿的摇篮上面，但是她知道发生了什么，那是她也感受到的突如其来的爱的力量。维尔要达科塔把孩子的姓改成利斯特，但她说，尽管萨施·希克斯是个卑鄙小人，他仍然是那个合法的、法律上的父亲，所以孩子还是姓希克斯。

萨施·希克斯的住址仍然无法确定。他曾经在欧文堡的全国培训中心待过，给家里寄来过一封简短而神秘的信。"我学了一些阿拉伯字。纳阿姆。马哈巴。马哈巴的意思是你好。纳阿姆的意思是是的。所以你们知道了。"

博尼塔和维尔都不愿意达科塔靠社会福利金生活或接受社会服务，这样马奇们就有权利骂他们是吸纳税人血汗的没志气的人。他们整夜地谈论着这件事，院子里的灯光懒洋洋地洒在南墙上。她可以回去找卡斯尔先生，求他恢复她的工作。博尼塔和维尔会照料那婴儿。或者……

"我们觉得，"博尼塔对达科塔说，"你自己应该去参军。他们也招女的。这样你就能养活小维尔了。先把训练完成了，再想办法通过烦琐的手续找到萨施·希克斯。我和大维尔会照顾他，一直等到你结束在军队的服役。在大鲍勃那里干活挣不了多少钱。"

维尔接着说："等你回来，你就能找一个真正的好工作。如果你能在军人服务社弄到一台便宜的数码相机，我们就可以给他拍照了……"他朝睡在手推车里的婴儿示意了一下。

她无法相信，他们怎么会变得这么关心她。似乎他们冰冻的心给融化了，似乎抽腿的惩罚从未发生过，似乎把他们联系在一起的是亲情，而不是为了尊重社会习俗而不得不承担的勉强的责任。她很惊讶，这种心灵的变化是来自不由自主的爱,而他们在把她这个婴儿带到牧场时,这种爱并没有感动他们。

她的外祖父亲自开车送她到克拉克斯普林斯的征兵办公室,一路上不停地谈着义务、责任、签署文件的必要性,这样,儿童救助款才能发给他们。他还开车送她去科迪的入伍审查站。他甚至为她选了个专业:战地卫生员。

"我四处打听了。"他说着,眨眨他那蓝宝石色的小眼睛,随着年龄的增长,他的眼睛几乎消失在苍白的睫毛和下垂的眼皮的皱纹中了,"急救医生赚钱很多。你可以当个医务人员,等你回来的时候,哦,你的职业生涯,正等在那儿呢。""职业生涯"这个词,从他的嘴里说出来,听上去有点怪。多少年以来,他一直大声痛骂外出工作的妻子们。在牧场里,是妻子们管家的:为大群人煮饭,照看病人和受伤者,打扫卫生,抚养子女,赶他们去骑牛,记账,付账单,处理来往信件,去农产品供应处取饲料,带狗去打针,经常还要骑着马同男人们一起去打烙印,运牛,在山区还得年年来回折腾,帮着将牛从林业局租用的牧场上赶进赶出,可是得到的关怀并不超过她们帮忙接生的牛。

几乎是春天了,昨夜的小雪点缀在崎岖不平的地面生长的枯草尖上,乱纷纷地沾在小溪旁的柳树的黄色枝节上,那是阳光一触及就会融化的雪。她要参军了,离开这破旧的、全是二层楼房子的城镇和被风吹平的暗褐色的草原，离开这些泥路、收音机透过静电噪音传出的摇摆的声音、那些闲言碎语和狭隘的观点。当他们开车驶过城里的时候，她看到了总是停在酒吧前面的那辆沾满烂泥的卡车，那个总是在理发店周围晃悠的名叫巴布·卡尔的孩子。太阳升起来了，沥青路上的温度提高了，随着熟悉的景色往她身后退去，热浪已经在路上翻滚了。然而，她对这个地方和她自己都没有什么感觉，甚至对于摆脱维尔和博尼塔都没感到轻松，对于把婴儿留给他们照看也没感到悲伤或后悔。至于孩子，她会回到他身边的。他会等的，就像她曾经等过的一样，但是对他来说，会有一个幸福结局，因为她会回来的。她把他抱起来，看着他蓝灰色的眼睛。

"知道吗？我会回来接你的。我会回来找你的。我爱你，所以我会回来的。我保证。"她只是必须离开牧场，离开怀俄明，离开她的孩子去度过生活中这段艰难的时期。只有她的孩子才让这地方具有一定的价值。

她到密苏里州的伦纳德伍德堡接受基础训练。她学到的第一件事是，这仍然是男人的军队，女人在各方面的地位都要低得多。她回想起她同博尼塔一起去科迪买东西的那一次。博尼塔喜欢一家有"牛仔肉铺"、睿侠无线电用品商店和音像店的小商场。达科塔情愿在卡车里等，也不愿跟在博尼塔后面，博尼塔遇到什么东西最便宜，就会嚷嚷着坚决把它买下。达科塔看见一个男人和他的两个孩子在格鲁姆的一美元商店外面，那里有一小块草地。那个男人板着红红的脸，胡子是棕色的。他穿着牛仔裤，很脏的汗衫，戴着一顶球帽，但是穿着一双牧场工作靴。他轻轻地将一只飞碟扔给那个男孩，他刚会蹒跚地走路，抓不住它。在一美元商店的墙边上站着那个女孩，比男孩大一两岁，但是父亲不把飞碟扔给她。达科塔恨他无视女孩渴望的目光。她朝着那个一直盯着那对父子的女孩微笑了一下。最后，达科塔下了车，走了过去。

"嗨，你好，"她微笑地对那个女孩说，"你叫什么？"

那孩子没有回答，只是将身子紧贴在肮脏的墙上。

"你想干什么？"那个父亲说着，将手放了下来，那飞碟就垂在他腿旁。那是养狗的人喜欢的那种尼龙飞碟。

那个学步的孩子朝他父亲喊着："仍！仍！"①那人没扔飞碟，男孩就开始哭叫。

"不干什么。只是问一声好。对那个小女孩。"

"是。好了，你外祖母来了。回家去，别打扰我孩子。"那个小女

---

① 小孩子的发音不准，把 throw 说成了 frow。

孩简直是怀着仇恨看了她一眼,伸出了长长的黄色舌头。

博尼塔把那些食品袋挤在她准备去扔在垃圾场的两袋垃圾之间。
"你在同他说什么?"

"我没有。我是在对那个小女孩说你好。他们是谁呀?"

"他是里克·斯明格,谢娜的一个老……朋友。关于他,说得越少越好。如果我是你,我不会问任何问题的。上车,我们走了。"

军队里最糟糕的事,就是无论何时都有那么多人,大家都靠得很近,就在面前,散发着热气和臭味,说着,喊着。她知道这是她永远也无法习惯的事,在寂静和旷野中成长的人,生来就是孤独的,总觉得自己是不同的,不想被人注意,在人群中感到不舒服。所以思乡之情就表现为对风,对空旷的景色,对寂静和独处的渴望。她思念孩子,而且开始觉得她是在怀念那个老牧场。

她在能力测验中得分很低,刚够及格线。她考虑了维尔的建议,成了战地卫生员。她没有别的想法。至少,她可以帮助别人。她把它称之为她对军队职务专业的选择。在基础训练期间,她听说,要成为一个战地卫生员是很难的。人们说,因为要记住大量的信息,那些学员都发疯了。但是她在二年级体育课上学过心肺复苏,觉得她能学到足够的知识,通过几门测验。

接受了基础训练以后,她到圣安东尼奥的萨姆豪斯顿堡去接受急救医生的训练,而这不久的将来就像一座悬崖。与她同去的志愿者似乎全是从幼儿园开始就学医了。帕特·穆迪,一个从俄勒冈来的披着硬直的金发的女孩子,是医生的女儿,听人们谈论医学好多年了。她对于到布鲁克斯医学中心受训感到很激动,因为这里的烧伤科很有名,她准备离开军队以后当一名医生。马尼·杰尔森来自爱达荷的一个土豆农场,她曾经照顾她生病的母亲达两年之久。母亲死了,她就参军了。汤米特·米恩斯自从读高中开始就是个急救护理员。克里斯·金克拉来自兽医家庭,曾陪着父亲出诊过上千次。

"我是在给牲畜的爪子打绷带中长大的。"他说。

她同帕特和马尼成了朋友。帕特会弹吉他,教达科塔一些和弦,让她能弹出《迈克尔,把船划到岸上去》。马尼收藏了一些电影,供她们在周末看。马尼在她的左腿上刺了一个土豆,还知道几十个土豆的笑话。她们两人都谈她们的家庭,最后,达科塔解释说,她是外祖父母养大的,给她们讲了萨施以及分手,还有孩子的事。

"可怜的妹子,"马尼说,"你经历的事太多了。"

"你怎么会去思念一个你恨的地方呢?"达科塔问她们。她想起石头或老朽的木头一样的淡淡气味,想起夏天远处林火的烟雾,想起黄土里露出的玫瑰岩的地面。她想念那衰落的城镇,每隔一栋房子就挂有经过风吹雨打的"房屋出售"的牌子。

"也许你想念的是人,而不是地方。"帕特说。

的确如此。她马上想到了这一点。不仅是小维尔,连自我封闭的博尼塔和迈着病腿步履蹒跚的维尔都想。

她买了一台照相机,把它寄给了博尼塔和维尔,请他们给小维尔拍些照。她把几十张照片贴在墙上。她给孩子写很长的信,在空白处画了许多代表亲吻和拥抱的符号。她同帕特和马尼一起突击军人服务社,抢购婴儿玩具、迷你牛仔裤、印着坦克和飞机的睡衣。

她们去餐厅吃饭,达科塔知道了把空盘子摞起来是坏习惯。"我是在帮服务员的忙。"她解释道。牧场里的人在大鲍勃那里吃了汉堡包都是这么干的。

有一天晚上,在一家日本店里,帕特劝她尝尝寿司。

"这是什么?"她看着一堆米饭上面放着一条橙色的东西,问道。

"这是三文鱼和米饭,而这是芥末,一种磨碎的辣根。辣的。"

她吃了,但三文鱼的肉质让她吃了一惊。"没煮过!"

"这本来就是不煮的。"

"是生的!生鱼!我吃了它。"她的胃翻腾起来了,但她把它压下去了,甚至还吃了一块。第二天,她记起了博尼塔曾描述谢娜把生的鳟鱼放在快速米饭上的事。她母亲可能在什么地方听说了寿司,决定试一下——怀俄明式的？她母亲表现出来的可能不是疯狂，而是对外部世界的好奇？她把这事儿告诉了帕特和马尼，她们都肯定，是这么回事儿——好奇心和对外来事物的渴望。

关于解剖学、疾病、外伤、生理学、产科学、儿科学、中风的学习材料、报告、幻灯片、录像、X光片、电脑辅导课和令人费解的医学词汇像海啸那样一股脑向她们倾泻过来时，达科塔觉得，她是无法通过急救医生的基本注册考试的。而且，即使通过了，接下来要面对的是初级医疗训练和那些关于化学武器、爆炸和放射造成的创伤的可怕课程。

"我永远也达不到威士忌①等级的。"她平静地对帕特说，心里想着气胸穿刺和清理气道，这两门课都是她害怕的。

"没事儿，你能行的。"帕特说，每次测验她都拿第一名，"这些是情景练习，真的很有意思。"达科塔通过了急救医生的考试，但是是班上最后一名。马尼根本没通过。

"我建议你考虑一下转到武警部队去。"那个斜眼的、有雀斑的、肤色草黄的教员对达科塔说，"你不是学医的料。我知道，我一定不

---

① 美军战地医务人员被称为68W，其中W的发音是Whiskey（威士忌）。

愿意肚破肠流地躺在那里，等来一个笨手笨脚的老达科塔，她还在努力回忆她该干些什么。"

帕特到纽约的德拉姆堡医务模拟中心去接受训练了，在那里，黑暗、爆炸和烟雾都是模仿真实的战地状况。她给达科塔和马尼写了一封信，描述"大块头列兵"，一具由电脑控制的模仿病人的人体模型。它会出血，能呼吸，甚至能讲几句话。它身上的每一个细节都是惟妙惟肖的，做好了供人们进行无数次插管治疗、气管切开术、导管插入。它能忍受对胸部伤口的吮吸、可怕的心理创伤。它会流血和呼救，偶尔会发出非人的、像猫头鹰那样尖厉的鸟叫声。根据教员的要求，它可以是热的，也可以是冷的，可以发烧或者体温过低。

"它有一个可爱的小阴茎。我爱上它了。"帕特写道。达科塔回了一封信，但是从此以后，她们再也没有帕特的任何消息了。

博尼塔的信很多，歪歪扭扭地写满一页，最后还有两行祷告词。信的开头总是小维尔成长的消息，如长牙了，能爬了，能站起来了，维尔的那条老狗邦姆怎么喜欢他了，到处跟着他，还让孩子拉它的耳朵，维尔又弄了条狗，叫巴迪，因为邦姆老了，巴迪比邦姆更喜欢那孩子。只有等她详细地讲完了小维尔干过的每一件有趣的事以后，她才会报道一下地方上的事情。她的妹妹胡安尼塔曾从卡斯珀来看她，并且来炫耀一下她的新丈夫。他在三角能源公司的天然气田上工作。她第一任丈夫唐也在那个公司工作过。他曾经认为，防跌落的装置是为脂粉气的男子准备的，结果，在抓一根用起重机吊起的管子时，失足摔死了。博尼塔写道，大维尔已经离开了他的按摩师，现在老去找一个胖女人，这个人做按摩的收费极贵。"至少她宣称这是按摩。如果维尔不是维尔，那我会有别的想法的。"达科塔感到对博尼塔的一阵难得的，甚至是痛苦的爱怜，尽管她怀疑她写这些只是出于一种责任感。

伦斯基太太来过几封信，一会儿是嘲讽的，一会儿是快乐的。达科塔觉得，她一离开，这个镇就开始死亡了。在一次十字路口的车祸中，瓦齐双胞胎兄弟有一个死了，一个受了重伤，本来人人都知道在那里该减速的。有一辆挂着科罗拉多车牌的卡车飞快地穿过，迎面撞上了他们。还有，伦斯基太太写道，养了一群山羊的两个同性恋女人已经买下了罐头厂，准备做干酪，在当地出售。达科塔看见"同性恋"这个词像任何一个普通词那样在信上出现，感到很震惊。塔格·戴斯哈特和在滴答糖厂工作的其他两个工人被发现在工棚里制毒，被逮捕了。最有趣的是马奇太太离开了怀亚特，回到加利福尼亚去当一个房产中介了。达科塔想知道维尔是不是在幸灾乐祸。

达科塔和马尼两人都把她们的军职专长改为武警了。她们成了最亲密的朋友，比她以前同萨施在一起时更亲密。达科塔这辈子第一次有人可以交谈，有人能理解一切，从农村的生活方式到考试不及格。马尼说，她们也许恋爱了。她们谈到，等她们出去了，要带着小维尔，一起安个家。有一天，她们坐在一辆军用悍马上，要去边防检查站搜查伊拉克女人，达科塔手中紧握着一支机关枪。

"是的，我们是同一些笨蛋在一起。武警部队是蠢蛋们最后待的地方。看来是整个军队最愚蠢的部队。"

"你不觉得有些军官配得上这个头衔吗？"

"是的。所以武警人员可能是第二等。第二等蠢才，是可以这么说的。"

她们已经知道，边防检查站是非常危险的地方，几个星期下来，达科塔已经形成了一种小小的魔法仪式，保佑自己活下去。她迅速地将她的脚趾、脚跟、小腿、膝盖、臀部、腰、肩膀、眉毛、肘部、手腕、大拇指、手指的肌肉往右转，然后照样往左转一次。博尼塔给她寄来了一个她见过的镀银的十字架。它一直放在厨房碗橱的第二个抽屉里，放在一起的还有一把玳瑁梳子、一块太漂亮了不舍得用的防烫布垫、一双曾经属于维尔出名的曾祖母的小孩手套、一只装满了旧纽扣的红盒子，盒子的盖子是来回滑动的。十字架她戴了一次，但是它同她的身份识别牌缠在一起,她就把它收了起来。

她最不愿意搜查伊拉克妇女了,也知道她们恨她这么做。她们中有些人身上有味儿,而且她们宽大的,经常是破烂而肮脏的罩袍可以藏任何东西,从黑市上的收音机到儿童服装,到炸弹。一个年轻妇女曾在衣服里藏了六只光洁的茄子。达科塔很可怜她,连买几只茄子带回家都要受美国兵的搜摸。世界似乎从来也没有显得这么邪恶,她自己的问题又是这么卑微和琐碎。

土炸弹在军用悍马下爆炸的那一天,她还没有完成向左的保护性肌肉转动,而是在喝第三杯咖啡。一切发生得太突然了,什么也没有记录下来。刚才他们还在飞驶着,一会儿工夫,她正抬头看着克里斯·金克拉的脸。

"哞……"她说,想装作奶牛,同这个兽医的儿子开个玩笑,但是他没认出她来,以为她在呻吟。当时,她没感觉到什么,还想继续做她奇妙的肌肉操,但是右边有点不对劲。

"我很好,克里斯。除了我的胳膊。"

卫生员吃了一惊。他仔细地看着她血淋淋的脸。"天哪,是帕特,对吗?"

"达科塔,"她悄声说,"我是达科塔。我没事儿,只是我需要我的胳膊。请找一下它。我回家不能没有它。"她转过头去,看见了一堆血淋淋的破布和一块碎皮肤。

"马尼呢?"

她的右胳膊还在,但是严重受损,在战地医院里,医生说,最好的前景是截肢,留下足够的残肢好戴假肢。"你年轻又强壮,"他说,"你能行的。"

"我没事儿。"她表示同意,"马尼怎么样了?"她问的时候其实已经知道是怎么回事了。

医生看了她一眼。

她同其他一些伤员一起,被运到了德国,慢慢地她意识到,有某种可怕的事情要降临,比她已经截肢的胳膊更糟糕的事,同失去马尼一样糟糕的事。也许他们发现她得了癌症而不告诉她。但是直到她被送去瓦尔特里德时才从博尼塔口中听到了这个坏消息。她站在她床边,表情十分奇怪,既有悲伤,而看着她那条残缺的胳膊,又掺有残忍的好奇心。

"啊,啊。"她悄声说,然后眼泪一下子就流下来了。达科塔从未见任何人这么哭过。喷出来的泪水沿着博尼塔的脸颊流到她的嘴角,又从她的下巴洒到她的人造丝衬衫上,似乎她的脑袋里装满了水。很长时间里她无法说话。

"小维尔。"她终于开口了。

"什么?"达科塔本能地意识到,这是最糟糕的事。

"坐在大维尔的卡车后面……"泪水又来了,"他摔了出去。"

她把事情发生的过程讲得很慢,边讲边流泪。那个十八个月大的孩子一直喜欢坐他曾祖父的车,不过,这一天维尔把他和两只狗一起放在敞篷车里。大维尔因为有这么个男孩感到太骄傲了,想让他强壮一些。那些狗都爱他。她说了好几遍。后面的事是一口气说出来的。

"你知道,维尔以为,他会同狗坐在一起。他们以前也这么干过。但是你知道,那些狗是怎么趴在车沿上的。小维尔也这么干了,我们是这么猜的,所以当卡车沿着斜坡往下开时,把他甩了出去。这是一次事故。他滚到车轮下面去了。达科塔,大维尔已经半疯了。他们给他吃了镇静剂。医生们在处理一切,等你回家。"

达科塔把头一仰,吼叫了起来。她对博尼塔咬牙切齿,开始诅咒她和维尔。他怎么能傻到把一个婴儿放在皮卡后面的车厢里?喊叫声和哭泣声召来了一个生气的护士,她要她们小声些。此时,刚才一直在后退的博尼塔,转过身去,跑到走廊里,再也没回来。

"要过一年,达科塔。"悲伤心理顾问帕卡太太说,这是一个胸部高耸,有着水汪汪的大眼睛的女人,"需要整整一年的季节轮换,你才能开始愈合。时间确实能治愈一切创伤，而目前来说，时间是最好的良药。而你本人必须在体力上和精神上愈合起来。你必须坚强。你信什么宗教？"

达科塔摇摇头。她曾经请这个女人替她写封信给伦斯基太太，告诉她出了什么事，但是这女人说，达科塔必须正视小维尔过世的事实并亲自告诉伦斯基太太，这是她愈合过程的一个部分。达科塔真想掐住这个女人的脖子，直到她浑身变成蓝黑色而死去。

她愤怒地瞪着她。

"你还有其他的交流方式。打电话。发电子邮件？"

"从我身边滚开。"达科塔说。

到了夏末，她还在那里，在一个同医院有某种关联的肮脏的汽车旅馆里，慢慢地习惯着那假肢。她坐在阴暗的房间里，什么也不干。沉闷的日子一天天过去。她努力想看懂那一大堆关于残疾补贴、死亡补贴、小维尔的赡养费等乱七八糟的文件。有一份公文说，小维尔·希克斯的赡养费绝不应该由达科塔或通过达科塔支付，而是应该通过孩子的父亲，目前正在瓦尔特里德医院休养的陆军上士萨斯卡通·M.希克斯支付。

萨施就在同一个医院里的什么地方，这事让她感到很惊讶。她能知道这事,更让她惊讶,因为传说中失踪的病人的混淆和杂乱程度就像是眼镜蛇的窝。有一次,维尔曾让她看过一块倾斜的大石头下盘绕而纠结的一团东西。他曾用他的12口径猎枪朝它们射击,那团撕裂的肉体仍在扭动。

一天下午,志愿者格洛斯勃太太来找她。达科塔看出来,她一定很有钱;她很苗条,皮肤晒成棕褐色,穿着雅致的紫红色羊毛套装和一件白色的绸衬衫。

"你是达科塔·希克斯吗?"

她已经忘了他们的婚姻关系还在。萨施的离婚申请在他去参加基础训练时搁置了。

"是的,不过我们已经在办离婚了。再说,我也不知道发生了什么事。"

"噢,你丈夫在这里,病情复杂,他的医生们认为,你应该去见见他。我得告诉你,他受伤十分严重。他可能认不出你。很可能如此。他们希望,再次见到你会……唤醒他。"

一开始,达科塔没说什么。她不想见萨施。她想见马尼。她要小维尔。她总觉得他等着要玩拍手游戏。她能感觉到他温暖的小手。

"我真的不想见他。我们没什么可谈的。"

但是那女人坐在她的椅子旁,劝她。达科塔吸进一阵怡人的香味,就像杏仁蜜加上一点氰化物内核的苦味。那女人手的形状很美，浅色的指甲很长，手指上戴着很大的钻戒。看上去只有表示同意才能摆脱这个女人，她终于去了。

萨施·希克斯已经被炸得不像样了，两条腿从大腿中段被炸飞了，左脸上有一堆亮闪闪的伤疤，左耳朵和眼睛没了。这几乎就像见到了马尼，她知道她已经死去，却总是听到她在走廊里说话。萨施的护士告诉她，他的脑子也受了伤。但是达科塔认出了他，帕特·加勒特拍的照片上的比利小子。他比以前任何时候更像那早年的亡命之徒。他用他的右眼盯着天花板。那张毁掉的脸上没有什么表情，只表示出有什么很不对劲，但愿他能够知道是怎么回事。

"萨施，是我，达科塔。"

他什么也没说。尽管他的脸给毁了，腰部以下也全毁了，但他的右肩和右胳膊还是强有力的。

她不知道自己对他是什么感情——是怜悯，还是毫无感觉。

那畸形的嘴里发出了一些声音。

"啊……啊……呃。"他平息下来了，似乎有人把给他躯体充气并支撑着它的阀门关了。他与世界接触的时刻过去了，他的下巴耷拉到了胸前。

"你睡着了吗?"达科塔问。没有回答,她就走了。

去牧场的旅途是艰苦的,但是没有别的地方可去。她害怕见到维尔;她会朝他尖叫,给他一拳吗?从碗橱顶上抓起一把.30-30式的枪,开枪打他?她感到怒气冲天,同时又觉得无精打采和茫然,倒在出租车的后座上。索尼·伊泽尔的那辆破车开得很慢。她的假肢在她的行李箱里。她知道,他们必须看到她胳膊的残肢才能相信,就像她必须见到小维尔的墓地一样。

他们驶过了马奇牧场,这里没有变化,又拐上了"十六英里"。白天在缩短,但还很亮,夕阳照在塔布尔比尤特的顶峰上,一层层暗黄色的山峦上,呈现出橙黄色和紫色。那条浅河,黄得像柠檬皮,无力地躺在光秃的河岸间。快要落山的太阳射到柳树上,将它们变成了红彤彤的嫩枝。从马路上反射出来的光线同从玻璃上反射出来的一模一样。他们似乎行驶在一条经过打造的红色风景线上,在这里,牧场的建筑物显得又黑又可怜。她知道被鲜血染红的土地是什么样的,知道破裂的动脉像后院的水管喷水那样往外喷血的景象。一条狗从壕沟里出来,跑进一片满是残株的田野。她们驶过了珀沙牧场,他们家的小儿子在去年春天发大水时淹死了。她意识到,她经过的每一个牧场都曾失去过男孩,迟早会失去的,一些满脸笑容的男孩,他们很愿意冒险,很健康,由于喝酒、超速、竞技表演时的冲撞、劣马、深深的灌溉渠、高脚手架、拖拉机翻车和"没装子弹的"枪,而被踢出了生命的轨迹。她的儿子也是这样。这就是笼罩着牧场小伙子的未来的黑暗,成长期的危险抵消了他们优越的地位。在这条路上前进,就像展开一份悲伤名册。风扬起了薄薄的灰尘,太阳在雾霾中落山了。

等她到家下车时,风把她整个人都吞没了,抓她的围巾,从大衣下摆吹上去,扭动着她的袖子。她能感觉到沙砾。她每走一步路,鞋底下都嵌进干草。索尼·伊泽尔把她的行李箱搬到门廊里,不肯收一分钱。里面有人打开了门廊里的灯。

她没有去打维尔。她的外祖父母都哭着拥抱了她。维尔砰的一声跪了下来,抽泣着说,他后悔死了。他将他湿漉漉的脸紧挨着她的手。以前他从来也没有这么碰过她。她没有什么感觉,将这种心情归因于康复得不错。墙上有小维尔的一张很大的彩色照片。他坐在一张长凳上,一条胖墩墩的小腿蜷在身下,另一条荡着,露出了雪白的袜子和小旅游鞋。他抓着一只长毛绒熊的耳朵。他们一定是带他去沃尔玛的照相馆了。他们曾寄过一张这样的照片给她。

博尼塔端出了丰盛的晚餐,有烤鸡、土豆泥、刀豆加奶油沙司、新鲜的面包。甜点是山核桃馅饼,她说这是希克斯太太送来的。她讲了几句有关希克斯太太的话,不过达科塔没听清楚。这是一顿可怕的晚餐。谁都吃不下去。他们把菜转来转去，用嘶哑的，含着眼泪的声音说，每道菜看上去都很好吃。维尔大概想做个榜样，吃了一叉子土豆泥，结果恶心了。最后他们都站起身来，博尼塔用塑料薄膜把食物包了起来，放进了冰箱。

"我们明天吃。"她说。

他们坐在起居室里，可怕地沉默着。电视机屏幕暗着。

"你原来的那个房间已经整理好了。"博尼塔说。在寂静中，厨房里的冰箱发出的嗡嗡声，就像吹动着电线的风声，"你知道，希克斯家没钱去华盛顿看萨施。他们很想知道他的情况。他们什么都不了解。他们打过成百次电话。他们给那个医院打电话，每一次都断线，或者给转到一个什么也不了解的人那里。他们想要你把情况告诉他们。他们什么也不知道，很糟糕。"

她不能告诉他们，知道了会更糟。

第二天早晨轻松一些了；他们大家都能喝热咖啡了。热腾腾的黑咖啡似乎减轻了一些哀痛、悲伤和丧子之痛。但是，还是没有一个人能吃得下饭。中午，达科塔离开了博尼塔和维尔，到松树坡去散步。一根新的电线架在被砍伤的树枝上。

吃晚饭时，那顿欢迎宴用博尼塔的微波炉热了一下，又摆上了桌。

这个微波炉是博尼塔用达科塔的一些钱买的。他们终于吃了，只是吃得很慢。达科塔低沉地说，鸡很好。但是吃不出味儿。博尼塔又煮了咖啡——反正他们谁也睡不着——并且把希克斯太太的山核桃馅饼给切了。维尔望着他盘子里的三角形的金色馅饼，似乎举不起他的叉子。

厨房的门嘎吱响了一下，奥托和弗吉尼亚·希克斯夫妇小心翼翼地走了进来。博尼塔请他们坐下，给他们端上了咖啡。希克斯太太哭红了的眼睛朝达科塔望着。这位老太太的手在抖，咖啡杯敲在盘子上咔咔作响。她突然放弃了咖啡，把它推到一边。

"萨施怎么样了？"她脱口而出，"你见过他。我们接到了公文，说他要回家了。他们不说他伤得怎么样。我们什么也不了解。他没打电话给我们。也许他没法打电话。萨施怎么样了？"

博尼塔望着达科塔，张开嘴想说什么，然后又闭上了。

寂静像一条雨水泛滥的河流，充斥在这个房间的四壁，笼罩在他们的头顶上。达科塔想到伊泽尔的出租车缓慢地驶过荒芜的牧场。她感到希克斯夫妇的担心开始凝结成确知。悲哀已经像一根套索，圈住了这对紧张的夫妇，同一根套索也圈住了他们所有的人。她不得不将希克斯夫妇的套索拉紧，让他们疼到麻木的程度，来表明，爱是得不到回报的。

"萨施，"她终于开口了，声音非常轻，他们几乎都听不清，"萨施是壕沟里的驽马,没希望了。"

听了爆炸性的消息,他们坐在那儿一动也不动,每个人都在默默地计算他们在必须继续下去的生活中有多少成活的机会。空气颤动着。最终希克斯太太将红通通的眼睛转向达科塔。

"你是他的妻子。"她说。

没有人对此作出答复,达科塔觉得她自己的脚滑了一下,开始摔向黑暗而潮湿的泥地。

FINE JUST THE WAY IT IS
WYOMING STORIES 3